문학과지성 시인선 436

또 하나의 지구가
필요할 때

박주택 시집

문학과지성사

문학과지성사에서 펴낸 박주택의 시집

카프카와 만나는 잠의 노래(2004)
시간의 동공(2009)

문학과지성 시인선 436
또 하나의 지구가 필요할 때

초판 1쇄 발행 2013년 10월 7일
초판 2쇄 발행 2014년 10월 17일

지 은 이 박주택
펴 낸 이 주일우
펴 낸 곳 ㈜문학과지성사

등록번호 제1993-000098호
주   소 121-894 서울 마포구 잔다리로7길 18(서교동 377-20)
전   화 02)338-7224
팩   스 02)323-4180(편집) 02)338-7221(영업)
전자우편 moonji@moonji.com
홈페이지 www.moonji.com

ⓒ 박주택, 2013. Printed in Seoul, Korea

ISBN 978-89-320-2452-3

* 이 책의 판권은 지은이와 ㈜문학과지성사에 있습니다.
  양측의 서면 동의 없는 무단 전재 및 복제를 금합니다.

문학과지성 시인선 436

또 하나의 지구가 필요할 때

박주택

2013

　　단절을 일종의 진화로 받아들이는 견해는 생성이 대
항으로만 형성된다는 단순한 논리의 모방에 지나지 않
으며, 역사화의 범주와 과정 속에서 주체가 무엇으로
돌아가기 위한 선언에 불과하다.

　　　　　　관계는 태도와 경향보다 훨씬 경험적이다.

　　육체가 정신에게 부과한 것은 육체의 상상과 이를테
면 빌려온 물건들, 날아가 버린 빛, 중심 속의 무한과
틈 사이에 솟은 과즙, 기억이 쓰고 있는 비통들, 죽은
자들조차 더 이상 자신이 아닌 것으로 익어가는 숨에 관
한 상기이다.

　　　　　돌이 게워내는 청혼하는 밤에 조난당하는 덜미들.

　　마침내 자신을 보도록, 사라져가는 기둥과 소홀한 틈
을 타 공간 사이를 넘어서려는 빈손과 경고하는 기적 사
이를 지나 바깥에 새겨져 있는 갓난아이의 손…… 차라
리 입이 없었으면…… 3시는 너무 크구나.

　　　　　　　　　　　　　　　　　　2013년 10월
　　　　　　　　　　　　　　　　　　박주택

또 하나의 지구가 필요할 때

차례

제1부

언제나 기억의 한가운데

나는 온다, 안개의 계단을 내려와 홀로 남은 빵처럼, 팔리지 않는 침울처럼
나는 내 발자국을 따라와 가느다란 빛이 이어주고 있는 기억 사이에 서 있다

나는 사람들이 그리워하는 것을 그리워하며 살았다
그러나 어느 곳에 서 있었는지 작은 것조차 어두웠다

나는 온다, 밤이 다할 때까지
기억에서는 또 잡귀가 태어나리라

고등어

너는 너를 지난다
많은 눈이 너를 뜯어 먹을 때
너는 그것이 숨소리인 줄 안다

하나이자 여럿인 네가 흩어지고 너는
강남역 출구 앞에 서 있다

네가
너를 지나
네가 없는 자리에 있다

숨

7층은 달을 향해 있다

가늘고 긴 뿌리, 땅에 닿으려는 핏줄들

아무도 없을 때에도 방은 연거푸 숨을 몰아쉬고
있다

육체가 갇혀 있으면 마음은 더 멀리 가는 법

7층의 문은 공기로 갇혀 있다, 그 문의 눈에서 빠
져나오는 날짜들

오빠, 너무 슬프다, 그치

뉴타운 재개발 지역에서 건너오는 저 멀리 축축한
불빛

모든 숨은 슬프다, 가혹하고, 헛되고, 고요하다

존재는 허기를 움켜쥔 채 꿈틀거리고

뿌리는 단단해지기 위해 바닥을 모은다

해머 선수

이제 길고 가는 열매들의 시월
  차디찬 바람과 섞이며 햇볕은 구부러지고 큰 물혹
들이 잡히는 어깨뼈 아래 두려움은 서툰 변명을 시작
한다

  그것은 마치 우울한 근대사 같기도 하고 망령들의
목청 같기도 하다 해머는 빙빙 돌며 하늘에 요동친다
해머는 뼈를 뚫고 나온 길들로 산 적이 없는 공간을
향해, 더는 듣기 싫은 욱하는 마음으로 공중을 반복
하여 흔든다

  공중은 윙윙 돌아가는 해머에 부서지며 입을 닫기
위해 악다구니로 소리친다 그러나 지금은 보여주는
입을 대신하기 위해 해머는 줄 끝을 팽팽히 당겨, 더
욱 공중을 넘어서려 한다

  시월이고 알이고 중심인 줄 끝에 매달려 육중하게
돌아가는 떨림이 가득한 순간은 치밀어 오르는 분노

의 연장 같은 것

　죽은 도시를 일깨우는 새로운 말 같은 것, 시체 같
기도, 악령 같기도 한 인간의 깊은 양심을 향해 날아
가고자 하는 총알과 같은 것

　해머 선수, 다리 근육을 당겨 창세기를 펼치는 혼
돈으로부터 끊임없이 태어나고 있는 눈을 부라리며
얼굴 전체를 일그러뜨리며 해머를 던진다

　허공의 두개골을 깨려는 듯
　무의 중심으로 알을 가라앉히려는 듯

저수지

당신은 꽃이 핀 마을에 도착했다 저수지에는 벚꽃
이 둘러 피어 있었는데 바람이 불자 하얀 꽃잎들이
햇빛을 받으며 흩날리곤 했다

당신은 천천히 홀로 걸음으로써 저수지에 비친 산
그늘을 주저 없이 움직이게 하고 이제 막 어떤 기억
에서 흘러나온 물들은 떨어지는 꽃잎의 낙인을 받아
들인다

멀리서 당신은 세상에서 떠난 사람처럼 보인다 그것
은 단지 코트에 솟은 아름다운 가시 때문만이 아니다

지나간 자리마다에서 생기는 정적이 꼼짝도 하지
않고 주위에 번지고 있었고 당신은 어둠으로부터 나
온 사람처럼 고개를 들고 하늘을 되받아넘기고 있었
다——그때마다 산그늘이 비틀거리며 내려앉았다

당신은 육체이기 전에 먹먹한 귀를 가진 푸른 공기

로부터 나오는 구름의 물방울로 태어난 사람처럼 짓눌려 있다 모두가 당신을 바라보고 있는 사이, 빛이 반질거리는 것을 이빨 아래 드러내고 있는 사이 당신은 태어나는 기억의 눈동자를 내려다보고 있었다

당신은 저수지 수문 앞에 이르러 손가락으로 머리카락을 쓸어 넘기며 힐끗 이쪽을 바라보는 것 같이 강력한 빛을 뿜어댔다, 불타오르는 것 같이 울부짖는 것 같이 서로에게 운이 다한 공모를 간직하고 있는 것 같이

조용히 저수지의 물살이 주름을 지우듯 울려 퍼지는 그 산벚꽃나무 그림자 땅에 자신을 새기는 동안 당신은 떨어지는 꽃잎 속으로 흰 구름 아래 저수지 속으로 이제껏 존재하지 않았던 사람처럼 사라져가네

어둠의 산문

어둠을 뚫어지게 바라보니 어둠도 뚫어지게 바라
본다
별이 빛으로 반짝이기까지 낮은 무엇의 배경이 되
었을까
어둠이, 어둠이 되었을 때
그 배경으로 잠이 들고 말도 잠을 잔다
말이 잠들지 않았다면 붉은 말들은 무엇을 만들어
낼 것인가
어둠 속으로 한 발자국 걸어가는 동안
어둠이 한 발자국 걸어온다
어둠은 낮에게 어둠에 가깝게 보일 때까지
자신을 말하지 않고도 낮의 것을 받아들인다
그러지 않고서야 어떻게 검을 수가 있단 말인가
그래서 어둠이 키우는 것은 대개 마른 것들
벌어진 살에 쓸리는 것들
어둠 속에서 어둠의 숨을 듣는다
어둠에게 서서 어깨에 얹는 손을 본다
어둠이 깊은 것으로 자신을 만들어

모든 것의 배경이 되는 것을 본다

수많은 별이 빛날 때까지

수많은 말이 잠들 때까지

수많은 마음이 잠들 때까지

가죽이 벗겨진 소

발버둥을 치다 이제 목숨이 다한 것이 틀림없는
소는
거푸 숨을 몰아쉬다 잠잠하다
입에 고여 있다 흘러나오는 침은 바닥으로 흐른다

낮게 열린 눈을 에워싸고 있는 발자국
툭툭 막아서고 있는 칼날

공기는 끈적거리고 입구는 빛이 어둡다
칼이 가죽과 살점 사이로 들어간다

가죽이 벗겨진 소
하얗게 누워 있다

국경

이웃집은 그래서 가까운데
벽을 맞대고 체온으로 덥혀온 것인데
어릴 적 보고 그제 보니 여고생이란다
눈 둘 곳 없는 엘리베이터만큼 인사 없는 곳
701호, 702호, 703호 사이 국경
벽은 자라 공중에 이르고 가끔 들리는 소리만이
이웃이라는 것을 알리는데
벽은 무엇으로 굳었는가?
왜 모든 것은 문 하나에 갇히는가?

문을 닮은 얼굴들 엘리베이터에 서 있다
  열리지 않으려고 안쪽 손잡이를 꽉 붙잡고는 굳게
서 있다
  서로를 기억하는 것이 큰일이나 되는 듯
  더디 내려가는 엘리베이터를 쏘아본다
  엘리베이터 배가 열리자마자
  국경에 사는 사람들
  확 거리로 퍼진다

돌의 오디세이

연극, 돌의 오디세이, 무대 불빛
작중인물로 변해가는 배우, 그 사이로
끼어드는 낙담에 대한 견습—
존엄성을 보여주는 것은 죽음뿐이에요,
배우는 미간에 고통을 떠맡으며 분노를 유지한다,

깊은 산속에 집이 있었다, 푸른빛 추위를 맞으며
한 사내, 거뭇거뭇한 산길을 올라가고 있었다, 저녁
이 되새기기도 전에 밤이 오고, 성글던 눈발이 다시
퍼붓다 옳다고 믿는 곳에다 두려움을 내리기도 했다,
오직 오후를 막은 폭설과 헤어나지 못하는 후회가 사
내를 허락할 뿐

칠흑과 싸우며 얼마나 올라갔을까, 어둠 속에서 사
내는 눈을 하얗게 덮고 있는 노인을 보았다, 죽음이
만든 것처럼 허공을 향해 얼어붙은 바위—

무대 정면, 핑계를 대체하는 증언들

배신으로 차가워진 배우, 그 사이로 섞여 오는
산 중턱, 어두운 눈길을 헤치고 오던
사내를 위해 기도하던 노인
—기다림이란, 그래야지
배우, 기어이 독을 삼키며 죽는다

수도권 전철 안내도

*

거리는 날카롭게 쏘아 귀를 길게 늘인다
감정을 선택받으려고 눈을 깜박이는, 카페
오후는 금방 만들어지지, 빌딩들을 온몸으로
떠받치고 있는 핏물 밴 흙의 결과인 아스팔트—
퍼져 있는 수직들
이미지를 길들이는 입장들까지 (그리고) 소유의
의혹, (혹은 분류의 유혹) 그게 낫겠다, 노선도 선택
의 한가운데에서 오니까
계약은 권리에서 파생한 것, 눈은 묻는다,
아무렇지도 않은 듯이, 나 믿지?
그리고— 구역과 구역을 이어주는
횡단보도를 건너는 공통적인 이유들

*

전철, 가득 괸 먼지를 깨우며 온다,

끝과 끝을 이어주며, 움푹 꺼질 듯 가까스로 떠받
치고 있는 땅 밑으로, 필사적으로…… 부르튼 입술
을…… 깨물며, 울부짖는 모럴리스트처럼…… 눈을
부릅뜨고…… 노랗게, 노랗게, 노랗게

증권거래소

숲이 되살아남을 기뻐하라 작은 종족으로 잎사귀를
틔우는 싹들은 언제 다시 자신의 사슬에 매일지 모를
테니까 의자에 등을 기댄 채 전광판의 숫자 누구의
것도 아닌 빽빽한 눈동자들 이처럼 흘러가서 결코 고
이지 않는 것이 깊은 비참으로 고난을 마칠 때까지
창밖을 밝히는 신문, 양복 안쪽의 지갑, 그리고 진심
이 일 때까지 억누르는 증권시황표 이렇게도 저렇게
도 흘러가리라, 윙윙거리는 한 번은 들었어야 할 충
고, 한 번은 두통약, 건성으로 넘기는 여성지 속에 끼
여 있는 날개, 어디로 달려가는 거지 괜찮아, 다시
또, 산 자들 사이에 빌딩들은 서로 가깝고 대각선으
로 보이는 8층의 전광판도 평화롭다 이다지도 핏기
없는 관절은 없었다, 무슨 일이 일어났던가 아무것도
변하지 않았다는데 좀 전보다 사람들로 북적거릴 뿐
눈에 새겨진 비명을 알아차렸거나 했단 말인가? 부들
부들 책 속의 시계가, 손동작만 남은 다이어트 여인
과 정력제가 비비 비트는데 아무것도, 아무것도 변하
지 않았는데 길고 긴 끝, 새파래진 창만이 간판의 글

씨와 부딪힌다 갈증 속으로 내려간 얼굴이 돌아오는
발자국 소리는 느리고도 고요하여 결과에 따라 얼마
나 많이 후회로 죽어가는지 많은 싹들이 태어나는지
발자국에는 지문이 하나도 없다 우리는 그것을 바닥
이라고 부른다

카메라 제국

얼마나 많은 눈이 붙어 있단 말인가? 쓰레기에 관해 쓰고 숨통에 관해 쓰고 고라니가 올가미에 걸려 있듯이 피투성이 속에서 발목이 부러진 채 신음하고 있듯이 자식을 저버린 사내에 관해 쓰고 있는 그때 사거리에는 손쓸 틈도 없이 저기, 저 위에서, 눈동자를 찍는 저것들은,

아주자질구레한동작인데도대롱대롱매달아놓고으스대며반짝이고있는저것은,

한낮을 감시하고 2시를 치는 한밤중에도 악귀처럼 무르익은 냄새를 풍기고 있는 그때, 몰래 엿보는 만큼 달라붙은 눈동자는 깃보다 더 반짝이고 있다.

발걸음을 지켜보고 있는 것을 꽃잎 하나가 떨어져 하강을 거절하고 탄생의 주문을 외우기를 지쳐할 때에도 날카로운 손톱으로 할퀴고 기억하고, 마음까지 박혀 있다,

육체를 떠난 영혼을 한층 더 길게 기억하고 어둠 속으로 사라지기를 기대하는 적막은 야위어 더듬거리는 빛 쪽으로 헐떡거리는 저 혈안,

　우리는 완전한 기억처럼 사육되며 고삐처럼 기억된다,

굿모닝 뉴스

수술해봐야 압니다,

방음 처리된 사람처럼 돌아앉아 마시는 의자, 산
날의 배경이 된 가는 다리, 오전 9시

아침은 자신이 되기도 전에 문을 연다,
정류장도 나이를 아는지 땅을 한 번씩 깨운다,
물집의 거처에 꽂혀 있는 빛, 7층에 있을 때처럼—
찾지 못한 마음 위로 뺨은 밀려가다 가지를 뻗어 백
일몽에 가 닿는다,
가쁜 듯 빛에 바치는 작은 것들— 누군가 다리 위
를 지난다
마음 아래…… 비린내 나는 9시
(그러나, 온갖 주석이 붙어 있는 허공의 긴 뿔)
최면에 걸린 채— 노래가 되다 만 빛들이
잠시 가야 할 곳을 찾지 못한 눈빛과 섞여
천천히 태양에 덮이고, 방향에 힘입어 길게 뻗은
이마는 「개인」을 남긴다, 부스스 무엇이 되고 싶은

차례들, 가야 할 곳을 되짚어주는, 주저하는 시작들,
굿모닝— 월드컵에 오른 한국 축구, 증권 시황, 세계
의 날씨, 무엇이 되고 싶었던 것을 예고 위에 풀어놓
는 뉴스, 저 입술도 아니다

  고작 기억에서 생이 비롯된다는 것

  배후를 엿듣는 빛은 기록하고,
  기미를 예인하는 날짜는 다른 곳을 연다

강변 산부인과
— 부재만이 아름답고 모든 사라짐만이 충만한 환영

저곳만이 시간이 천천히 흘러가는 곳 유령들은 숨을 참았다가 뱉어내고 자욱이 긴 안개는 수치를 떠난 것들의 소리들이다 턱을 움직여 밤이 갉아대는 냄새는 사각거리는 자궁의 전체 한숨을 돌리자 보이지 않던 것이 보이기 시작한다 자궁은 말한다 *말할 수 없는 것을 말하고 기억하지 못하는 것을 기억하라* 기관들은, 일제히 말을 듣지 않는 힘들에 맞서 움직인다 더 빨리 유령들은 소리를 거느리고 들이닥치고 밤은 낙태를 기다리는 밤의 먹이가 된다 천천히 흐르는 시간을 도둑질하는 온몸에 박힌 비명들 잎사귀를 마구 흔드는 나무처럼 흥건히 흘러내리는 땀들 그때 여자의 머리에 솟은 뿔은 너무 많이 구부러져 살을 파고든다 생애를 마구 찌르고 창백한 운명은 멀리 도망을 간다…… 그리고 모든 것을 새롭게 만드는 힘을 가진 아이, 자궁으로 새어 들어오는 빛에 감겨 사지를 비튼다, 사지를 비틀며 폭력을 일으켜 자궁을 걷어찬다 뿔은 살을 파고들어 비명을 지배하고 어슬렁거리던 바람이 후루루룩 잎사귀를 떨구는 밤 어느 거대한 집 유리창마다 돋는 소름들

여기가 집입니까?

일찍부터 잠이 들었습니까? 어디부터 한적해야
할지
2시는 잠이 들지 않는다, 2시가 집과 무덤 사이라면
못 같은 것으로부터 피가 흘러내리는 것은 무엇이
란 말인가
벽을 타고 올라오는 돛들이 멈칫거릴 때가 있다
아이에게도 여름일 때가 있듯이
그러나 비어 있는 집은 무덤에 가깝다
당신은 무덤에 가깝다
바람은 가시를 달고 옵니까?
2시에, 새벽 2시에
꽝꽝 문을 두드리며 초인종을 누르고 있는 자가 있
습니까?
또 다른 후회가 당도했습니까?

불타는 육체

그러니 당신이 있는 곳에 위안이 있으라

1

당신은 일찍이 누구를 죽이려고 한 적도 없고 십자
가 아래에 아이를 버린 적도 없으니 당신의 봉변은
유래가 없는 것이다 아무리 힘들어도 견딜 수 있는
것은 태어나기도 전의 기억이 없는 곳으로 데려가는
기억 때문만은 아니다 이렇게 슬퍼해도 저녁이 아름
다운 것은 죽은 자들의 압도하는 사연 때문이다 폭염
에 갇힌 채 스쿨버스의 유리문을 긁다 죽은 아이의
공포를 기억하자 정신착란자에게 찔려 죽은 자의 기
록은 또 어떠할 것인가?

2

　그러나 이것은 멀고 먼 일 어쩌면 일어나지도 않은
일 작은 집을 얻고 기뻐했던 순간은 가고 불모가 내
집이어야 하는 시간은 어김없이 오는 법 그것이 시간
의 평등한 법, 여기 길을 물었지만 잘못된 길에 갇혀
우는 사내들 모여 있고 구원에도 헤픈 사랑을 요구하
는 여인들 모여 둥글게 매달려 있는 천체를 바라보며
냉동된 고기를 뜯고 있으니 식은 찻잔은 이렇게 가르
친다

　시작이 있으면 끝이 있을 것이니 당신의 잔혹은 어
디로 빠져나가 언덕이 되겠는가? 잎사귀를 파닥거리
고 바람이 등을 돌리며 운명 따위는 안중에도 없다는
듯 당신의 울부짖는 몸을 능멸하듯 바라볼 때

국가의 형식

*

마음은 전속력으로 뛰어든다 비 오는 날 오후, 사
람들이 우산을 받쳐 쓴 채 복권 가게 앞에 줄을 지어
서 있다 '1등 복권 당첨 9명' 비구름은 갈수록 두터워
지고 모자 쓴 노인이 육체의 어려움을 무릅쓰고 들어
선다 머리에 빛이 스며들어 있다 끝없이 펼쳐져 있는
작은 꽃들 너무 작아 고개를 숙여야만 보이는 작은
꽃들 흔들 때마다 그 사이로 기어가는 벌레들 창문
앞에서 노인이 구부정한 허리를 펴느라 가능성도 펴
졌다 두 현실, 사는 것과 싸우는 것 그래서 아이러니
는 끝난 문제가 아닌 것, 말의 요지는 희망에 대한 기
술이 너무 부족하다는 것

*

말은 너무 늙어 말을 할 때마다 가루로 부셔져 떨
어지고 새들도 마지못해 이 나무에서 저 나무로 옮아

갈 뿐 깃털로도 기적으로 건너가지 않는다 우리는 대
지 위에서 우주를 올려다보았다 (눈을 깜박이면서 뒷
목이 아플 때까지) 우리는 일부러라도 빵이 아니면
움직이지 않고 아이들은 더 이상 아이들이 아니다 문
득 감옥에서 아들이 어머니에게 부친 편지 생각 아픈
곳마다에서 타버리는 미래 그리고 엄습이 엄습에게
파묻고는 서로를 빨아먹으며 자라는 것들 서로에게
배우는 누명의 올가미에 교회는 붐비고 태양이 노랗
게 타오르는 동안 여자들은 하나씩 사라져 경찰서도
덩달아 하나씩 늘어나지

*

　풍문으로 가득하여 요란한 소리를 휘감는 감옥과
빌딩들은 일어나자마자 사람들을 먹어치우고 바닥은,
바닥은 헬쑥하게 늘어서 있다 이걸 말해두고 싶다 궁
지란 용기를 확인하는 순간이라는 것 굴욕은 다시 태
어나고 결심은 급하게 시작한 연애처럼 더부룩해진다

법원 자판기 의자에 모여 신음을 뱉어내는, 살고자 낮을 가로채는, 능욕하는 의혹의, 병동의 뼈만 남은 육체 결코 새로울 것도 없는 하얀 드레스 어슴푸레 우리는 지구에서 별을 바라보지만, 어깨를 부딪치며 걷고 있지만 국가는 하얀 뼈, 가느다란 울음, 붉은 꽃, 비루먹은 술잔, 편견만이 중심에 다다른 듯 우리들은 전쟁을 모방하여 싸우고, 싸우고 난 뒤에야 안심을 얻어내지, 남자는 남자들대로 칼을 갈고 여자는 여자들대로 이를 갈지

*

  늘 이런 식, 지상의 것들을 받드는 바닥이 창백하다, 복권 가게 위의 구름이 물러갈 것 같지 않다, 권리란 소리에게는 없는 것 누군가에게서 터져 나오는 연분홍빛 모독들 자주 생각하는 것인데 더 작은 문제도 여럿 있다 눈꺼풀을 봐, 여기는 지상의 마지막 처소처럼 꽃잎이 흩날린다지 바람이 불 때마다 후두두

둑 떨어지는 꽃잎 독백같이 떨어지며 지상을 두드리지, 지상의 문을 두드리는 꽃잎 잠든 자들을 깨우며 흙의 가슴으로 내려앉는 꽃잎 어떤 것은 낮고 어떤 것은 지난날을 만들어내지 재촉을 견디는 계단 비옥에서 사라진 것인 돌아오는 밤 붉은 인형들 순간은 이렇게 시작되어 기다림으로 끝난다, 이것이 밥통에서 새어 나오는 연기의 모든 것 이것이 사람들 사이에서 소용돌이치는 궤변의 것 발갛게 태어나는 신생 아들은 오직 유리 안에서 보호된다

*

수첩 속에서 사라진 사람들이 간 곳은 어디인가? 꽃잎으로 굴러오는 것들은 얼마 가지 않아 권유를 좇고 달아나는 서약을 부른다 파멸 속 빛은 고립에 기꺼이 바쳐진다, 달은 감각이 없고 비린내가 좌판에서 순교하듯 한 시기가 지나고 있다 우리들은 찌그러지고 볼품없는 날짜를 깨우고 있지만 이유를 이기지는

못했다, 배수관에 새겨진 붉은 자국이 다른 생애로
들어가느라 얼굴이 파랬다. 그것은 금방 형상이 되었
다, 불쑥 장식품이 나뒹굴고 있었지만, 이 생을 다른
생으로 옮기지 못할 듯싶다. 이곳에서 우리는 익어가
고 벌써 아무것도 볼 수 없게 되었다

사라지는 소녀들

발자국을 따라와 다른 날짜로 옮겨 가는 머리카락들 할퀴고 가는 빛과 밤에도 미완성의 곡조로 울부짖는 문 닫힌 문들

사랑이라고 부르며 잘못 가르친 상처 입은 입구처럼 비가 오지 않는데도 나무 그늘 아래 낙관을 찍듯 새벽은 멈추지 않고 있다 슬픔에도 등급이 있다면 이것은 찢어진 어깨의 수그린 얼굴이다 아랑곳하지 않고 소리를 내지르는 맑은 물이 모이는 젖고 흐느끼는 창살은 새벽에 기댄 매질이거나 타이름이다

바짝 엎드려 있다 재빠르게 손목을 낚아채 유리 빛속에 가두는 아름다운 대낮은 공범의 대낮이다 작고 깨끗한 부드러움을 사랑하고 막 자라는 꽃잎을 위해 파헤치는 천둥이다 여름을 위해 파헤치는 천둥이다 여름을 지배하는 폭염처럼 세계를 지배하는 정복자처럼 두렵고도 오만한 밤에 즐거움을 분배하는 왕성한 순결의 발에 깊숙이 어떤 빛을 내뿜는 그런 나라에서 소녀들은 하나씩 사라지고 연민조차 소식조차 끊어진 가책에는 기원만 남아 있다

덫

예를 들면
이런 식 형상은 존재를 만들고 존재는 마음을 만든
다 존재의 형식인 저 보관소는 원인을 낳는다 지구가
얼음의 행성과 부딪혀 물이 생겨났다는 것도 바로 같
은 식,

이를테면
지구의 형식이 얼음인 셈 인형이 아름다운 것, 십
자가가 능력을 유지하는 것, 조국이 불행을 요구하는
것, 이 모두는 형상의 유머들이다

습기를 참으며 소란을 응시하는 저 수하물 보관소
입을 다물고 유령의 눈동자처럼 혹은 권리를 존중
하는 의무처럼 자신을 중심으로 앉힌 뒤 살아 있는
수풀처럼 밀약으로 가는 계약서처럼,

이것은
예전부터 흐르던 깊은 골짜기로 파닥거리는 검은

종족 오직 그 자신의 것으로 들어 올리려 불만을 허락하는 덫 속의 하늘 즉 또 다른 전체성의 형식

그리하여

저녁의 형상은 저녁의 허무를 낳고 정적의 형상은 지저귐을 낳는다

빛이 있을 때까지 아무것도 바뀌지 않는다는 것을 알면서도 발걸음 소리가 들릴 때까지 가르랑거리는 길에 다시 나타나 새로운 형식으로 끝이 죽음인 사랑을 시작하기를

차례차례

부드러운 울음을 서둘러 되풀이하기를 전부가 아니더라도 중심으로 정원과 강과 하늘을 파종하기 위해서!

무연고 사망자 공고

이상한 빛이 하늘로부터 내려오고 있었으니 오래된 세기의 빛이거나 알에서 태어날 징조였다

벌레가 갉는 심장에서 흘러나오는 시끄러운 표정은 우스꽝스러웠다 시체가 발견된 것은 강변 산책로 새벽 공기를 마시며 걷던 살집 튼실한 사내는 검정 블라우스에 감싼 채 썩은 내를 풍기는 부패된 여인을 발견했다 얼굴은 문드러지고, 엉덩이는 주저앉은 채, 온몸에 바글거리는 구더기에 덮여 땅을 바라보고 있었다, 아래를 바라보고 있었다

육체의 욕망은 죽음을 가로지를 때 값비싼 더위가 감싸 안는 냄새들을 감싸 안는 법 모든 죽음은 죽음의 공모, 모든 부패는 부패의 공모 구더기가 슬어놓은 육체의 배설물이 수풀 속에서 타는 소리를 낼 때 액을 질질 흘리며 구역질 나게 하는 여인의 육체, 그것은 저주를 퍼부었던 누군가의 지옥, 꽃이 피어 있는 누군가의 천국

움푹 들어간 수풀은 땅을 바라보는 힘에 맞서 육체를 들어 올리고 살갗과 닿아 있는 몇 점 흙들은 오만하게 여인을 밀어낸다 지구의 아픈 곳처럼 새벽의 아픈 곳이 소리조차 짓누르고 세계는 버려진 살처분 소처럼 늑골까지 하얀 시트로 덮여 모든 생애가 이리저리 헤매다 죽는다는 것을 오븐 아래에서 듣는다

도플갱어

——내가 나일 수 있는 것은 길들여지지 않은 곳으로 가서 나로부터 울려 펴져 너로부터 돌아오는 종소리에 귀를 기울이는 것

너에게서 나지만 너의 것이 아니다

지금, 여기 털은 솟아나고 그것은 표지판처럼,

비존재적, 어둠 속에서 빛나던 변명은 사거리의 모퉁이를 빠져나간다 홈은 계속해서 파인다 혼이 의자에 앉아 머리카락에 머물 때
나무는 무엇을 알 수 있는가? 나무는 무엇을 바랄 수 있는가? 혼자 태어나 근심은 완성된다 그리하여 반짝이는 지금,
여기

'시선'에 의해 추방된 자들 부활을 고안하며 후회를 은폐하는 밤이 오면 자신을 데리고 영원을 바라본다, 그때
먼 곳이 어두워졌다가 밝아지고
발자국을 변호해온 잠은 생과 저항하며 지구의 한쪽에 가엽고 부드러운 긴 꿈을 이끌고 온다

잠은, 머릿속 깊은 곳으로부터 와서

또 다른 세상의 문을 연다 잠은, 젖을 빨아대며 양
육된다

별은 씨앗을 받고

과거는 미래에게 눈썹을 달아준다

이것이야말로 대지에서 나온 것

대지는 아무도 알지 못하는 곳을 열어 허공을 듣는
다 현재에 도달하는 순간 현재는 사라지고,

문 안을 들여다보는 순간

시간은 누구를 속이고 있는가?

네가 일부라는 것, 구름이란 애도라는 것

누가 안개를 걷어주겠는가?

그러자 낯선 남자와 몸을 섞던 여인은 그 자신으로
녹아들고 죽는 것도 사는 것도 없이 하나로 흘러간다

낮으로부터의 이유들

우리는 우리 곁을 지나온 것뿐 새들처럼 충혈되고
새들처럼 던져졌네 우리는 배운 것만으로도 운명을
점칠 수 있고 학교처럼 울부짖었지 부인을 살해한 의
사가 무죄판결을 받았다면 그것은 선택

어둡고 낮은 구름 사이 막 소녀티를 벗은 아이들이
담배를 피워 문 채 치마 속으로 유일한 약속을 끌어
들이지 않듯
우리는 우리가 알지 못하는 곳에서 순간을 무성하
게 헐떡거린다

똑같은 사람은
어디에도
없을 테니까

우리는 우리를 부르는 것들에게 무릎을 꿇는다 낮

은 우리에게 보이지 않는 우연을 주었으므로, 서로의
잘못을 들여다보는 것만으로
　언제나 내게는 안녕!
　개의치 말고 물집을 터뜨려줘!

　미래 속으로 움직일 때 계단 아래에 있는 우울, 우
울의 어원은 휘어진 뼈에서 새어 나오는 기침
　수천 년 전부터 살고 있는 예감이 선택을 빼앗긴
채 모든 변명을 읽고 서로로부터 멀어진, 문 앞에 서
있다

혹성들

　어둠 속으로 누군가 걸어갔다 느슨하고도 슬픈 울
음이 구슬프게 울려 퍼졌다 잠이 들지 못한 채 베개
를 적시는 방 안에는 가늘게 빛이 새어 나왔다 아무
도 읽어주지 않는 방, 아들은 문을 걸어 잠근 채 죽
음에 관한 기록들을 살피고 딸은 주저앉는 코 때문

에 거울 앞을 떠나지 않는다 애인을 떠올리는 아내
는 가파른 체위에 부드럽게 가라앉고 남편은 저주
　　　　　를　　데려와 '반드시'를　　새벽에　　새긴다
　　제자리를　　　　찾느라　　　　거친　　　숨을　　　몰아
쉬는
　　집은 찢어진 것만이, 길들여지는 것만이, 초록인 곳

　　　　　　　활짝 꿈이 모여 다른 꿈이 되는 곳

　　지구 위로 지구 위로 별자리 옮기네 계절은 바뀌고 바뀌
어 태양과 도네 우리는 우리는 울 줄을 모르고 답할 줄도
모르네 비가 내릴 때까지 꽃이 필 때까지 날짜는 우리를 찍
어내고 지구의 이쪽이 아프고 지구의 저쪽이 아퍼 또 하나
의 지구가 필요할 때 우리는 날마다 전시되고 날마다 비육
되네

장례 집행자

장례 집행자는 시신에 화장을 하고 있었다

침묵이 무겁게 가라앉고 언제든지 흐느낌은 냉동 시신을 녹일 준비를 하고 있었다 짐승 가죽처럼 노란 얼굴, 서늘하게 풍겨 나오는 잎사귀, 희미한 촉감, 이제 떠난다면 무서운 귀신으로 남을 것인 영혼 루주로 입술을 덧칠하고 검은 눈썹을 그리는 장례 집행자는 채광창을 뚫고 들어오는 햇살에 반이 환해졌다 바닥을 핥으며 비로소 자신이 되는 것, 죽기 전에 기다리고 있는 자신과 만나게 되는 것, 구부정하게 숙여 거즈로 얼굴을 닦아내는 장례 집행자의 눈빛에서 등을 돌리는 창문들 파르르 떨다 깃털로 가라앉는, 수북한 찰기 잃은 기억의 곤죽들 어느덧 시신은 자신으로 바뀌어 시트 위에 창백하게 누워 있다, 시신을 바라보는 자들 장례 집행자의 손에 두 다리는 묶이고 손도 가지런히 묶인 채 입을 틀어막은 거즈에 숨이 막히는 듯 이제는 참을 수 없다는 듯 노란 짐승 가죽 속을 서둘러 빠져나온다

제2부

마음의 거처

때때로 마음이 전부가 아닐까 하는 생각을 한다

꽃이 지느라 밤이 잠든 밤
마음은 마음속에서 기지개를 켠다

*

여름을 다오, 가을을 모르는 여름으로 하여 태양
아래서 빛나는 달빛 아래서 초록으로 터오는 강물의
머리카락에 캄캄한 내가 나일 때까지 핏방울을 던지
리라, 새가 청혼을 세우고 그것을 여름이라고 부른다

강은 머무름이 극진한 물고기들을 위하여 고개를
수그리고 동트는 새벽을 에워싸고 있는 빛은 죽은 자
들이 자신을 과신하여 함부로 지껄이고 나다니는 건
방진 자들을 느긋하게 바라보고 있다

*

마음이 마음으로 늙어가는 것을 본다
주름이 빛바랜 추억을 앞장세워 혈통을 감추려 하
지만
마음은 낮게 물들고 마음이 마음과 섞이며
걷고 있다

마음은 불타오르다 그 불로 먼 곳을 비출 것이다
그 불로 기억의 동굴 속을 비출 것이다

마음이 그 자신으로
소리를 이루는 곳, 언제나 그곳에서
마음에서 멀어진 것들만이 우두커니 흰말을 기다
린다

지상의 것은 지상에서 죽는다

하늘에 문을 내지 마라
문을 열고 하나씩 들어가는 것들은 모래의 벌레이
거나
구름의 것들로서 아주 오래된 것들이다
죽은 것들을 데리고 긴 혀를 늘어뜨리고 가는
돛도 보인다 돛의 불타는 장미도 보인다

2시는 신음처럼 주저앉는다
그리고 사람들은 문 앞에 당도했다
울음의 핏방울이 구름 아래로 울려 퍼진다
열고 닫히는 저 많은 문
(태어나자마자 죽은 아이들은 언제 오지?)
핏자국으로 떨리는 입맛
불어 터지고 퍼런 멍이 든 말소리
세상의 것들은 지상에서 죽는다
지상에서 죽게 여름에게 마저 기울게 해라
우리는 여기서 만나고 여기서 헤어진다
하늘에 문을 내지 마라

혹은 은둔의 제국

마음이 숨어 있는 곳, 너무 먼 곳
알 수 없는 말들로 이루어져 겹겹의 통역이 필요
한 곳
이렇게 산책을 하면서, 피의 문으로 들어가서,
저 하늘의 방을 지나 이렇게 여기에 오랫동안 앉아
있는데

사막의 어디쯤, 초원의 저녁 어디쯤
막 정복을 끝내고 돌아온 왕처럼 유적은 파괴 위에
세워진다

마음이 있는 곳,
소리 없는 곳에 소리가 있고 나무가 뽑힌 웅덩이는
나무를 기억하기 위해 비어 있네
일찍이 마음을 찾아 헤매다 지쳐 앉은 자리에는
수도승 몇이 순례에 지쳐 물을 나누어 마셨지만 돌
아오고 돌아온 발자국에는
풀잎들 몇 돋아 있을 뿐

이렇게 노을에 붉은 구름이 떠가고
벌레들 부지런히 흙 사이를 기어가는데
생생한 꿈이 사이에 잦아들어 빛을 밀어 갈 때 이
것이 이생의 일이라면 서쪽에 이르지 못하겠네

아주 가까운 곳, 핏속, 기억의 어디쯤 돋아 있는
갈피
평화라고 이르는 의족들 사이
아련한 욕정의 극치 속에서
오물거리는 후회의 방에서 혹은 12시에서 3시까지
어디에 계셨습니까?

개와 사이의 간격

개와 시선이 마주치는 순간 흠칫, 이파리는 반짝이고
가을은 한 걸음 물러나 있었다
사루비아꽃 수술이 팽팽히 솟구쳐 터져 나가자
개는 완벽히 자신이 된 채 앞을 노려보고 있었다
개의 눈이 누르스름하다고 안 것은 그때였다 개 등 뒤로 펼쳐진
푸른 하늘이 마치 백그라운드라도 되듯 날개처럼 보이고
뒷발에 힘을 모아 개는 으르렁거리며 경계를 물어뜯고 있었다

간격을 물어뜯고 있었다
침까지 흘리며 간격이 보장해주는 권리를 송곳니로
갈기갈기 찢고 있었다, 빈틈을 보이는 순간 날개를 단 채
곧장 내장까지 파먹을 듯 으르렁거리며 다가왔다

온몸에 소름이 돋을 수 있다는 것도 그때 알았다

찢긴 모습이 어떤 것인지 상상이 그처럼 구체적일
수 있다는 것도 그때 알았다

개가 뜯고 찢어버린 경계가 초라하게 버려져 있었다

간격도 없이 잎사귀들이 떨리고 있었다

살기를 뿜어대며 짖어대고 있었다

개종하는 밤

이렇게 서서히 들판에도 저녁이 오면 낮은 노래들
은 더 낮게 깔리면서 흙으로 가고 외진 마을에도 저
녁불 켜지네
　야자수 서 있는 그 옆 망고나무 짓다 만 집들이 널
려 있고 기차는 멀리 기적을 짓다 만 사원 아래로 울
리네

　깨진 유리창에 돋는 노란 불빛 향이 스며드는 집
뜰에는 거위가 웅크려 있고
　들판을 건너온 어둠 사람 사는 곳에 풀어져 따뜻한
불빛 속에 어른거리네
　먼 곳을 그리워하는 것들 출렁이며 불빛 속에 서
있게 하네

　이렇게도 저녁이 오면 노란 창문의 불빛에 어른거
리는 그림자에 묻힌 따뜻한 온기는 이곳에 자신이 있
음을 알리네 두런거리는 말소리, 부지런히 오가는 사
람들

담장 안으로 뒤뚱거리며 걸어가는 거위들

이곳에서 많은 것을 버리네
아주 많은 것을 잊어버리네

노란 불빛 앞에서 모자를 벗는 바람처럼
어디로든지 갈 수 있고
언제든지 자신이 될 수 있네

그러나 의무를 닮은 저 귀가들은 도대체
누가 만들었단 말인가

아름다운 저녁이었다

아무것도 들어갈 수 없었다 작은 저녁이었다
우유를 먹은 배가 슬슬 부글거릴 때쯤
부딪쳐서 돌아올 것이 없는 초원이었다
오지 않을 것 같은 날짜는 돌아온다
벌레들이 풀과 풀 사이를 건너뛰고 개 짖는 소리는
어디에서나 같다는 사실
(듣기를 달리 들을 뿐이지!)

　작은 저녁이, 노을이 파고든 자리 어둠이 파고들
어서
　사람들이 자신 속으로 걸어가 자신이 되는 저녁
　여기에도 사람이 살아 긴 옷을 끌며
　맨발로 흙 위를 걸으며 돌아가는 법을 배우지

　초원을 건너오는 멀리 기차 지나가는 소리
　딱 하고 옆방에서 커피포트 멈추는 소리
　벌레들의, 까마귀들의, 목구멍에서 울려 퍼지는
소리

불안도 잠자지 않고 순간에 부딪치는 말처럼
생각들이 칼칼하게 치뜨고 있는데
불안과 불안이 부딪치는 불꽃들

겨우 요양하는 기분인데 날이 갈수록 유배되는 기분
그러나 이곳 날씨는 여름, 꽃들과 함께 놀아, 무엇
을 하든
어른이잖아?

숲 속——도시

벌레 퇴치 향을 켜놓은 작은 방
저녁이 되어 창가에는 노을이 내려앉고 나뭇가지
들도
어둠을 받아들이려는지 잎이 가파르다
숲이 분주한 것은 목숨 탓이다
숲에서 사는 것은 모두 소리를 가지고 있다

작은 방에 어둠이 가라앉고
창가에서 벌레들 울음소리가 틈을 허락하지 않을 때
까마귀들은 꺼억꺼억 지붕 위에서 운다
여기서 날짜를 세는 것은 하루 단위다 그것이 숲의
관행
나방이 날개를 펄럭이며 전등불 앞을 날아다닌다
날개에서 이는 먼지를 흩날리며 불 속으로 파고든다

향은 자욱이 자신의 역할을 기다렸다는 듯
기어 다니거나 날아다니는 것을 가만두지 않는다
퍼덕이다 탁자 위에 쓰러져 있는 나방

죽음만이 확실히 죽은 것이라는 것을 증명하듯 꼼
짝도 하지 않는다
밤이 되면 별만이 조용할 뿐

(거대한 행성이 한 점 빛으로만 반짝인다)

거대한 도시인 이 숲에 다시 하루 종일 온갖
벌레와 새들과 짐승들이 시끄럽게 떠들며 왁자하다
세어보니 숲을 떠나기로 한 것이 열흘이나 남았다

평원의 산책

평원이 펼쳐져 있었다

개 두 마리가 앞서 산책을 도왔다 개는 멀찍이 떨어져 생각 밖을 지키고 있었다 하늘이 평원보다 넓게 퍼져 있었고 평원의 동쪽에는 숲이 침묵 속에 향기를 풍겨내고 있었다 붉은 황토 흙, 검게 바랜 열매껍질들, 길 한쪽에 피어 있는 노란 꽃 사이로 바삐 움직이는 벌레들
낮은 얼마나 오래되었는가 하늘은 어째서 초록이 아니고 파란가

개가 저 멀리 엎드려 있었다 아이들을 실은 트럭이 지나가며 손을 흔들다 야유를 퍼부었다 길이 사람을 길들이고 있었다 어떤 알 수 없는 빛이 평원 위로 퍼져 나가고

알 수 없는 어떤 것이 평원의 끝 쪽에서 상상을 앞서가며 버무려지고 있었다

나무들이 양 갈래로 서쪽 끝과 이어져 있었다

건초 더미가 평원 위에서 새소리를 빨아들였다
허공 속으로 내뱉고 있었다 그때 문득 죽음이 바람
직해 보였다

두 마리 개는 앞서거니 뒤서거니 끝을 향해 달리다
먼 곳을 바라보고 있었다

시선 부딪치는 소리가 아득하여 들리지 않았다

까마귀

*

사루비아꽃이 피어 있는 집 앞
붉은 긴 옷을 입은 검은 피부의 여인이
마당을 쓰네, 머리에 터번을 쓴 사내 밭에서 검게
타네
돌의자에 앉았다 가는 까마귀는 며칠 전부터 유리
창을
밤낮으로 쪼던 것일 것이네

여기 머무는 것도 이제 며칠뿐
얻을 것이 있다고 믿었던 것은 잊는 것을 얻었을 뿐
밖의 식탁에는 벌써 식기 부딪치는 소리가 요란하네

맨발로 걷는 여인 건너편 길로 가네
사라지는 만큼 파리들 윙윙거리네, 새들 솟고,
식탁의 떠드는 소리가 방 안을 파고들고
생을 묘사할수록 곳곳마다를 다치게 한다네

*

햇빛 쓰러지네
가늘고 긴 햇빛
태양에서 달려오느라 쓰러져 빛으로만 남네

이렇게도 한 생이며
터번을 쓴 사내가 모욕을 받아내고 있는 것도 한
생이네

귓속을 파고드는 소리들 모여
피고 지는 것 사이로 퍼지네

내게 너무 많은 집

어두워지는데 검은 피부에
터번을 둘러쓴 술 취한 노인이 노래를 불러
비틀비틀 걸어오더니 내 앞에서 벵골어로 뭐라 말해
내가 빤히 쳐다보니까
이제 들판 한가운데서 무슨 일이라도 날 것 같았지
아주 작고 마른 노인이었어
그 순간 무슨 생각이 들었느냐면
여기서는 아무도 내 편이 돼주지 않을 거라는 것
돌아서서 숙소로 오는데
휘척휘척 따라와
작대기를 휘두르며, 뒤가 아렸지만 잰걸음으로 걸
었어
그때 저만치 숙소 불빛이 보였어
그리고 개가 꼬리를 흔들며
어둠 속에 있는 나를 향해 달려왔어
그때 무슨 생각이 들었는지 알아?
아, 내가 여기에 또 집을 지었구나 했어

도마뱀

네게 들려줄 말이 있어

뭔데요?

아까 화장실 변기에

네

갑자기

네네

오줌 누려는데

한꺼번에 말씀해주세요

작은 도마뱀이

귀엽다……

너무 무서웠어

놀라셨구나 에구

밤새 내 몸을 핥고 물어뜯을 것 같았어 그래서

네

변기물을 내려버렸어

그랬더니 세찬 물을 따라가버렸어

에구

……그간 미안했어

……

더블린

각진 시계를 핥은 끝에 더블린이 펼쳐진 것은
리피 강가 빛이 번들거리는 여름의 일이다
꽃은 고개를 숙인 곳으로 열리는 조건이다, 꽃은
돋아나는 거리에 동의하지 않고서는 살 수가 없다

1

더블린은 그 자체를 쓴다
어깨를 부딪는 회전문과 다리에서 본 돌 속에 타오
르는 불꽃과
더 이상 태우지 못하게 들어찬 2층 버스
우리는 강가 돌계단에 앉아 물 위에 조이스처럼 아
린 혓바닥을 게우며
성가신 곤충들을 받아들였다
더듬거리는 맛과 같이 아름다운 어느 날처럼
시간을 약탈해 가려는 것들에 닿으려는 빛처럼 기
울어지는 철제 의자처럼
우리들은 펼친다, 떫은 흑맥주를,
더듬거리는 사거리를, 입을 달아주고 있는 한 무더
기의 꽃을
족족 저작물들은 마르지 않고 너무 많은 문으로 집

을 파낸 휑한 어깨,

  아래 뒤룩뒤룩한 눈, 그 옆으로 뿌옇게 앉아 있는
거리의 그림들

  뺨을 끌어당겨 과일을 들고

  다른 곳으로 뿜어대는 둥우리 속으로, 잘못을 탓하
지 못한 채

  담쟁이덩굴을 불러들이는 지갑 속으로, 그렇게 머
뭇거릴 뿐,

  조각상은 조각상대로 저항하는 눈을 부르듯이

  악사가 부르는 노래에 막 깨어나

  뿌리를 지키려 잎을 끌어당긴다, 모든 빛, 울려 퍼
지는 돌은

  밴 물을 길들이고 불꽃처럼 알을 낳는다,

       2

  정원—가라앉지 못하고 뿜어대고

비쳐드는 허공을 두르고 있는 꽃, 원고와 섞인 초
상화들
　펜촉에 천천히 길들은 물에 힘입어 길게 뻗는다
　조이스처럼 창백하고 조이스처럼 서늘한 눈빛이
　가야 할 곳을 되짚다 주저앉아버리면
　차마 무엇이 되고 싶었던 사람은 모자를 무릎 위에
얹은 채

　자신의 차례를 알아차린다, 우리는 펼친다, 어느덧
어디론가 향해 걸어가는 것이 시작된 그곳, 벌거벗은
빛, 짙은 돌, 물에 풀린 얼굴, 구체적인 팔에서 울려
퍼지는 나지막한 소리 속에서 늙어가는 위엄과 바람
이 돈은 첨탑, 스테인드글라스, 다시 만난 게이들의
문신, 다리 위를 건너가는 자동차들, 2층 버스를 쫓
아서 반짝이는 새들, 단순하게 푸드덕거리는 돌들
　그것이 처음인 것처럼, 때때로 우리들 앞으로 지나
가는 15번가 검은 고양이
　자라는 가망만이, 날뛰는 오류만이, 저작을 기억하

느라

　산 것들을 치켜올린다, 이마는 똑같아진다, 살아온 것들로

　혈관은 이윽고 손을 흔들고 아득히 여름은 턱을 벌린다—

리뷰 · 단재 · 북경

그치지 않고 돌아가는
빛과 그림자,
산맥이 사는 곳
기차가 연기를 뿜으며
계곡을 지날 때까지
플랫폼을 지나,
검은 선로를 지나
눈빛이 삐걱거릴 때까지
황사의 출생지에서
강은 진격해 온다,
곧바로 다른 기억이 되고 마는
유리창
다다를 곳이 없는 가슴,
저 멀리, 저 멀리—
저녁 빛, 저녁 빛—

이제부터 저 불빛은
피를 바치며

견뎌내리라,
하얀 밧줄,
질식할 듯 납작 엎드려 있는
골목집들
이제라도 늦지 않다는 듯
성곽을 돌아
하룻밤 속으로 깃드는
시름들

글자들을 새기는
말문을 앓는 펜에
내려앉는 눈,
불쑥 떠는 수척에
남은 불을 읽으며
벌어져가는
밤

—1927년 5월 19일,

우리 두 사람은 이화원 옆
여관 버드나무 아래에서
술상을 놓고 나지막이 노래를 불렀다,
원고는 완료되셨습니까?
울어라…… 울어라……
꽃이 지고 있었던가,
얼마 후
『조선사 연구초』가 나와
여기에 이를 발췌한다

교토에 가본 적이 없다

새로 문을 연 카페에서 교토를 떠올린 것은 어제
였다

나는 교토에 가본 적이 없다
그러나 내가 사라져버리면 묻힐 곳이 있듯이
아이가 첫걸음을 뗄 때만큼
기쁨이 순간적으로 몰려왔던 때는 드물 것이다

창밖을 보며
물끄러미 흘러나오는 노래에 귀를 기울이고 있는
사람들
마치 밀양에 가보지도 않고 밀양에 간 것처럼 말
이다

벚꽃이 피어 있는 교토, 깊은 봄을 재촉하는 고양
이가
골목을 휘젓고 다니면 막 나인 것처럼 나를 부르
겠지

그때 유끼오 씨는 두꺼운 창문을 열고
4월의 그날 밤 충고를 거절하겠지

아무래도 나는 너무 많은 상상을 보아온 것 같다
기둥들 사이 이제껏…… 정말이지 이해할 수 없는
일들까지
나무는 산 아래 언덕 위에 있었다
그곳에는 꽃이 피어 있었다
아무 의미도 없이
삼류 여관과도 같이 주위를 지배하고 있었다

나는 교토에 가본 적이 없다
첫걸음을 뗀 아이는
이제 제 방에 남자를 끌어들일 정도로 눈도 녹고
마른 날
저녁에는 태어나지 않은 것들이 흔드는
커피에서 풀리는 노란 코트
모든 길들이 모여들고, 모든 감정이 퍼져 있는

빛 속으로 흰빛을 움켜쥔다,
날씨는 모든 것을 향해 있다 이렇게 말이다
창으로 떨어지는 빛…… 아무것도 알 수 없는
모든 것이 가르쳐주지 않는 장소에서
스스로를 들여다보기 위해
흔적이 다시 돋아날 때까지 물들이는 빛
빛에 지워지고 빛 속을 걸어오는 사람들

그때까지 숨을 들이켜며 커피에 물드는 예감은
두 눈에 어떤 느낌을 고정한 채
이윽고 자신이 되기를 기다린다,
나는 교토에 가본 적이 없다

오후 4시, 카페 밖에는
작은 새처럼 커다란 가로수가 서 있다

호텔 리비도

새겨진 글자를 파내며 노래 사이로
자신을 밝히는 땀방울들에게 한쪽을 탕진한 여인은
반지를 만지작거리며 창밖을 받아쓴다,
가족은 유기적이며 없다—있다 사이의
헤게모니를 투사시킨다, 침대가 탄생을 이끌어내지
만 그것 또한, 오독의 후술
건너편 테이블은 짐작한다, 더욱이 이 호텔은 파이
프 오르간이다

여인은 원칙이 있어야 한다고 생각한다, 설탕, 냅
킨, 용기에 대한 헛됨, 사소한 질투, 반점, 치약, 감
정의 구조, 하다못해 비극까지도
반쯤 먹어치운 감각처럼 향해서 가는 것들
한계를 선호하는 잠정적인 찻잔

여인은 실천들이 나누어 주는 가능성의 영역을 다
음과 같이
적는다,

첫째, 태초에 감정을 생산하는 것은 감각이지만
　　　이성은 그보다 훨씬 관계적이라는 것—이
　　　제, 처음 만난 남자와는 자지 말자
　　　　　가수는 다시 노래를 시작하고

둘째, 크고 작은 아침저녁에 겨루었던 것들—백
　　　하나를 더 사자
　　　　　고온을 감는 목소리

셋째, 양말은 반드시 뒤집어 빨자

파스타

1

비위가 거슬리는 핀잔에 어지간히 지쳐 있는
신장개업 파스타 전문점은 어깨가 가라앉아 있다
감각에 따르면, 맛은 합리적인 구성물이 아니다
맛은 개인의 무의식에 속하는 것으로 그것은
조합들에 의해 형성된 관념이다, 오랫동안 자리를 지켜온
제과점의 눈에 교환이 평등하게 이루어진다고 보는 것도
서비스를 고려한 까닭에서다, 이런 뜻에서 교환과 굴종은
인식의 관점에서 동의어, 연애 또한 그러할 것

2

마음은 피고 물은 흐른다, 향료는 감각에서 유래하는

꽃에 닿으려고 접시를 도닥거리고 있지만

유리는 무엇을 바라보는가, ……파스타는 에고를
좀 죽여야지

생각한다, 이탈리아식은 이 지역 스타일이 아니지
않은가

(생애를 예고하려는 듯 서로가 우연히 적이 되었
을 때

나는 나무 아래 서 있었다)

생애가 넘어서야 할 것으로 이루어져 있듯

벽에 달라붙은 간판들 무거운 짐에 짓눌려

차가운 눈으로 서로의 죽음을 상상한다

두 가지 경치 중에 한 풍경

가난이 상품이 된다는 것을 안 것은 낙산에서다
골목을 지나 계단을 지나 언덕에 이르니 서울이 내
려다보였다
언덕에서 바라보는 시가지, 주문을 해도 오지 않을
것 같은 중국집,
중요한 사람은 아무도 죽지 않는다*

정면을 주시하는 창틈 사이로 평온과 싸우고 있는
눈빛들
야위는 이름과 푸른 빛
고개를 돌리자마자 어리는 흰 젖 같은, 모여 사는
몇 세기 같은
기술 본위라고 쓰인 이발소, 아무런 그림도 없는
봉제 공장,

언덕을 오르느라 생을 탕진하는 봉고의 매캐한 기
침만으로도 벅찬 소파의 스프링, 이 모든 것은 다리
를 꼬고 앉아 있는 노인이 열어주는 지팡이

건너편에

이따금, 갈증을 호소하는 지붕들, 우연의 전부인
언덕 아래

계단에서 자라 거리로 뻗은 듯 잘못을 기다리고 있
는 순찰차
앞에 걸린 자줏빛 절벽들!

60년대 영화 같기도, 70년대 세트장 같기도 한
환한 꽃들 속에 서 있는 낙산

깃발 아래 모여 있는 카메라를 든 구경꾼들을
혼곤히 바라보고 있다

* 빈센트 밀레이.

기념비

　사람들이 떠난 뒤 비로소 완성되는 고택은 겨울의
중심이다 공교롭게도 진눈깨비가 쏟아져 우산으로 곤
두박질치는 국도를 차가 가로질러 가는 것이 단편 영
화의 전부였다 그런데 고택은 미라의 옷처럼 펄럭인
다 적어도 이럴 때 기침을 허락하는 것은 아무래도
마룻바닥이다 연기를 멈추어버린 굴뚝이 빨아들이는
것은 가파른 상처가 있다 저 우뚝 솟아 하늘을 간섭
하고 있는 고사목들 흐린 하늘 위로 끝없이 전진하고
근처의 돌들은 이제 막 진눈깨비에 부풀어 바깥에서
일어난 일들에 대해 기념물이 되기를 고대하며 손을
가지런히 모은다 우리는 우리를 소비했다 언제나 시
체들의 곡창지대인 묘지에는 달빛이 환할 것이리 보
이는 모든 것은 자신의 결점을 파묻고 이제 다시 겨
울에 수유하는 진눈깨비를 보며 짓무른 나무 가까이
굴뚝은 피가 고안해낸 바람을 퍼 올린다 거동들은 이
렇게도 속삭일 것이다 저것들을 슬퍼하라 미친 듯이
벽은 펄럭이고 장님처럼 창은 어두워지고 권리를 포
기하지 않으려는 완강한 기와들은 휘갈겨 쓴 바닥의

이빨을 훑고 지나간다 넘어서려는 것들을 가두려는
입을 쩍 벌린 집 한 점 빛도 내어주지 않은 채 앞으로
만 전진하는 대나무들 이윽고 구원을 잃어버린 자들
이 모여 연락이 닿지 않는 검은 하늘을 꿰뚫어 본다
고택 반대편에는 저항의 밤에 짓이겨진 진흙들이 과
수원 아래 있었다 현판에는 강요로 새긴 저수지의 물
이 밤새도록 밀려갔다 밀려왔다 새들이 정적을 깨뜨
리며 앞을 가리기 시작했다

크리스마스

언제나, 그랬지

크리스마스이브라고 빨간 솜털 모자를 쓰고 소녀들
은 깔깔거리고 고개를 잔뜩 움츠린 채 안을 열어보려
는 듯 높은 곳을 향해 탄생하는 2시

하얀 눈으로 다시 태어나는 거리에 퍼지는 캐럴,
무엇을 향해 가다
  나무를 빠져나가는 윤곽들,
  조립적인 모든 것

흐린 하늘 아래 고역을 이긴 노파들 모여 불을 쬔
다, 고개를 잔뜩 움츠린 채 좌판 위로 가라앉는 작고
보잘 것 없는 상점이 된 사람…… 고구마와 장작으로
이루어진 사람

여인은 수면제에 깨어 혐오감을 계속한다, 오늘이
야말로 다시 오지 못할 순간이라고 징글벨이 울려 퍼

질 때 이를 드러내며 보다 높은 곳을 향해 달아난다

*

……한 사내

십자가도 타이르지 못한 무엇을 생각하는지
눈에 덮여가는 것을 본다

옷 짜는 대합실

봐, 계단의 빛이 더 없이 투명해
마음에 선로가 놓여 있는 거 보여?
아무래도 좋아, 전광판도 이미 그것을 알고 있지
기차가 사람들을 고아로 만든다는 것
무엇을 향해 가는 것은 마음뿐
새들도 피난 간다, 슬로건처럼
바리케이드는 두려움으로 늙어가

의자에 잠든 생살들, 감정을 간섭하는 눈빛들
후회가 전부인 입은 끝이 보이지 않는 빛처럼 기척
을 나무라고
훌쩍 지나버렸지, 달과 노란 골목에서
찍혀 나오는 위폐들 보여? 작은 공장에서 새어 나
오는 빛 덜미 말야

사방이 입구인 감정 사이
그 속에서 돋아나는 눈빛들 사이
감기는 고적 사이, 낮은 길보다 오래 산단 말야

시간을 팔아 얻은 것은 의자에서 꿈틀거리는
수술 자국뿐, 생은 육체로 요약되지

다만 일생을 갉아먹을 후회가
다시 빛을 기리며 온갖 것에 감길 때
봐, 의자마다마다의 잠 속에서 피어오르는
짜는 소리들,
육체를 쥐어짜며,
옷감 짜는 소리들

물질과 운동

1

7월 24일, 작정한 듯 뜻을 갖지 못하는 날씨는 여
전히

발을 헛디디게 될지도 모른다는 표정을 중단하지
않는다

시간을 바늘의 의중으로 바꿀 때, 핑계는 완료되는
데……

땀은 흐르고, 국립 박물관 지붕은 새 울음소리를
벗기며

파동을 일으킨다. 아주 단순한 현실,

저기—보이지 않는 것을 두려워하는 기마상 조
각, 미인도

그 무렵, 보는 것만 보이는 까닭에 기억들의 시초
는 거리였다

이를테면, 낮잠, 허균, 진기스칸, 지드가 쓴 『밀봉
된 30년』

또한, 음력으로 오늘은 그야말로 자궁의 형식을 빌

려, 온 날
  웃기는 것은 매일 자궁에서 나온다는 것
  옹관과 서찰—사무적인 이해 둘

      2

  4월 17일, 독특함 때문에 오히려 파산을 면한 비
  물방울을 튀기며 망막을 여는 스포츠카 한 대
  목적을 파기하듯 대교를 향해 돌진한다
  날개가 날개에 섞이는 체육관, 우발적인 미래를 뜻
하는
  『환경 운동과 구 생태찌개 집 건물』, 사실상
  동작이 이해한 것과는 달리 공은 철저히 공공적이다
  이런 까닭에 의지가 제도를 상상하는 것……
  이것은 모나드의 말이다, 이상하지 않아?
  골키퍼는 왜 한 명이야? 이것 역시 일종의 모나드
의 말

잃어버린 가방이 다 내 가방으로 보이는 것은
체육관의 고유한 충동에서 비롯한다

마음은 이렇게도 가르친다

마음은 이렇게도 가르친다
오래 겨울이 머물다 가는 사람처럼 두려워하고
잔고를 더듬는 사람처럼 쓸쓸해라
침대에 앉아 옆 침대 신음을 듣는다
햇살은 여리도록 창에 스미고 건성으로 연속극은
돌아간다
다친 각막으로 건너편 병동을 본다
육체를 떠나는 마음이 목례를 하고
마음이 없는 육체는 적요하리라

제3부

블랙아웃

어디서왔는지모르네스스로밖에없는듯
작은눈으로남아있는무언가를찾네
감기는입술로무언가를열며어디서왔는지
안에서는사라지지도않고
오직하나의것에서울려나오는핏줄을듣네
머문것을듣네보는것은보이지않고
보이지않는것이보일때사라진것들은나타나
다시팔에닿네돌의노래를보았지
숨마다닿는혀아득한눈길로스르르풀려나가한바퀴
를돌지
아무것도아무것도피지않아도

물에누워있다네

전작들을 위한 애티튜드

폐만 끼치고 돌아갑니다

집에 돌아와 유품들을 정리하며 무릎 꿇는 대신 저
주를 선택했다
진열장 안에 저주
침대 안에 저주
파멸만 가르쳐준 술집 안에 저주

넌더리가 나는 게으름 안에 저주 쓸모없는 사람이
아니라고 봐준다면 기분이 좋을 것 같다

나도 무엇인가에 적합한 구석이 있다

내가 세상에 존재하는 이유가 슬픔을 적어 내가기
위한 것이라면 너무 상투적이다 슬픔이 사라질수록
더 자주 나타나 쫓아갈 수 없을 정도로 느리게 지나
간다
누군가 "너는 정치적이야"라고 말했을 때 나는 집

까지 걸어왔다

거실에 앉아 담배를 피우는 동안
불길한 예감도 스쳐 지나갔다
「저토록 저무는 풍경」 「폐점」과 같은 시가
그에 해당될 것이다
'씁쓸하다'는 표현은 모욕적인 것과는 차이가 있다
최근 내 처지를 비교해보아도 그렇다 새벽 5시에 앉
아 새로운 형식을 생각했다 그리고 조금은 밝은 분위
기로 「시간의 동공」을 읽었다
이번 생은 마음에 들지 않는다
어쩔 수 없는 일이다

그거 아니?

오래전부터 알고 있었다

알지 못하는 것을 들려주려는 듯, 망설이고 있는
너희들
잔을 만지작거리는 너희들
(그것을 모르겠는가?) 늦었어…… 한순간 생각에
잠겼다가 입을 떼려는 순간

창밖에 비는 내리고
우산 대신 겉옷을 쓰고 뛰어가는 이 계절은
모든 것을 해결해야만
봄을 향하는 줄 안다

그거 아니? 아무도 없는 곳에 꽃 피는 꽃
눈이 내리는 하늘을 끝없이 날아가야 하는 까마귀
떼들
심지어 철저히 소외될 때 완전한 자신이 되어야 한
다는 것

헛되이 바람은 지나가지 않고

어느 것이나 아무것도 남아 있지 않은 것은 없는
것처럼

더 많이 알고 있는 것은 저 소나기…… 혹은 푸른
하늘이 사라진 뒤 오는 들판의 먼 무지개

너무 늦었어, 담배 냄새를 풍기는 유리창엔

《알 수 없는 일로 가득하고 참아야만 오후들이 지
나간다는 것》

그거 아니?

너희들에게 해주고 싶었던 말 저 밖의 금이 간

전신주처럼 세월을 견디며 어깨를 이어줄 때

한곳에 멈추어 선 울음도 빛이 된다는 것

어떤 것은 여름이었고 어떤 것은 마지막이었다

*

이 밤에…… 이렇게도 이 밤에…… 분홍 사이로 왜 잘못만이 새로 태어나리라는 다짐을 하게 하는가?

앞을 읽지 못하는 것은 어제오늘의 일이 아닌 일 하지만,

자꾸만 생애가 흐르는 것은 어찌됐든 좋은 일 이렇게 좋은 일 이렇게……

*

저녁은 장엄하였지

모독이 오늘을 이끌었다
이를테면 열매 같은 것
거짓말할 때의 짜릿한 쾌감 같은 것 이 밤에……

이렇게도 이 밤에 증거는 솟고 또 솟는다

　　아침은 푸르고 붉다고
　　식물들도 암으로 고통받는다고 새들도 이혼하여
　　이윽고 난독증을 앓는다고……

　　오명에 버려진 여인을 알고 계십니까? 여기, 오류
가 지나가는 자리에는 돌로 된 계단이 있고

　　박하가 달린 가르침은 비가 갠 카페 처마 아래에
앉아 있지
　　그것은 영아가 살해되는 시간 장미가 피는 시간

　　그렇지, 그렇지,

　　그렇지 섹스 상대가 필요한 나는, 너는, 너희들은
무엇을 잃어버린 사람처럼
　　빛 한가운데 서 있다 막 그곳에는 무엇인가 남아

있다

　주저가 끝나기 전 무섭게
　양귀비꽃이 자라는

　4시였다 케케묵은 어떤 것은 여름이었고 어떤 것은
마지막이었다

                              *

　너는 나의 포괄적인 장난감

                              *

　입을 떼는 순간 나는 사라진다

　눈에 새겨진 저서들은 사실에 근거한 것이 하나도
없다는 거 아니? 길의 끝으로 흘러드는 고해들

*

　　다른 세기를 통과해 온 검은 눈…… 일찍이 아득
히 빛 속으로 사라지는 장기들

　　모독을 팔아먹은 밀고자처럼

*

　　나는 너의 장난감, 너는 땅을 파고 나를 묻고는 머
리만 내민 나를 발로 툭툭 찬다

홀리데이

이제 텅 비어 적도 힘도 물리칠 권리조차 사라지고
편애하던 쾌락조차 세차게 끓어오르지 않는 한 자멸
은 다 익은 밥이 되어 등줄기를 보일 것이다 그때 다
익은 밥은 애틋이 사는 가르침을 빨리 오는 가을에게
이렇게 말한다

꺼진 불빛은 무전유죄의 거리를 더욱 어둡게 한다

하루를 견딘 밤은 구름이 마시고
눈썹에는 방금 떠난 자가 남긴 입술이 풍겨 나온다

이렇게 깨어난 어깨는 술이 깬 날의 환멸을 견디지
못할 것이다 머지않아 경구를 이긴 탈주가 부려놓은
거리는 다시 잠들고 후회가 기르는

백만 눈동자의 혀

입에 피를 묻히며 살을 물어뜯다 이따금 너무 뜨거
운 태양 아래 어느 가슴으로부터 뛰쳐나온 불길한 날
들만이 거푸 숨을 헐떡거릴 때면 계절도 계절답게 옷
깃을 풀게 할 것이다

이제 밤을 위한 것들은 붉은 눈으로 고동친다

　파탄으로 일그러진 자들을 알려고도 하지 않고 응급차처럼 빠르게 지나간다

　눈을 감고 여름이 지나가는 미지근한 뒷모습을 허락할 것이지만 나쁜 징조는 **여름의 것, 검은 집, 검은 불꽃, 마지막으로부터 받은 때가 잔뜩 낀 유리창,**

　잠이 들지 못하는 약속은 지켜지지 못하리라는 것

　내일이면 혹은 어느 날이면 전신에 또 덧칠하여 버려지리라는 것, **증오하는 것도 지쳤다**

　모든 것을 써버렸다

　—이제 이 총은 누구도 빼앗을 수 없는 마지막 재산이 되었다

도망자

나뭇가지에 걸려 있던 구름 눈꽃으로 피었다 고지
로 파고드는 바람 뺨을 후려치고 눈보라는 앞을 가로
막으며 헉헉대는 입안에 퍼진다

앞을 보라고 산이란 산에 내리는 눈은 가파른 비탈
마다 결빙으로 후려치는데 눈꽃은, 눈꽃은 흘러나오
는 눈물과 콧물에게 유린은 뒤로부터 닥쳐온다

골짜기에서 바람 우수수 솔가지를 흔들어대며 와글
거린다 그때 한꺼번에 몰려와 언 육체에 엉기는 눈발
불현듯 새를 불러 골짜기를 들어 올리고 눈보라는 하
늘을 끌어 내리느라 더욱 혼이 하얗다

그러나 바위에 걸터앉아 분노에게 말을 거는 동안
용서는 외투를 걸치며 흩어지고 뼈만 남은 고사목 근
처에는 보란 듯 용서가 부린 욕들로 그득하다 팔에서
손을 떼라 부라리는 시간마저 계곡 아래로 미끄러지
며 내려간다

눈보라 속을 더듬거리는 겁을 먹은 발자국 아, 하
고 입을 벌려 잘못을 깁고 있다고 맹서를 새기고 있
다고 목이 메인다 그러나 안중에도 없다는 듯 바람이
불고 휘몰아쳐 마침내 고지 끝에 서서 매를 후려친다

수목장

게으른 새들, 더 이상 올라갈 수 없는 바퀴
심장에서 터진 실핏줄이 감겨드는 여름, 비 오듯
땀은
옷을 적시고 작은 상자에 담긴 뼛가루, 고이고이

또 하루가 지나가는구나, 햇살이 파먹어 들어가는
얼굴에 걸친 안경이
수건에 닦이고 열매를 매단 나무들 또한 시간이 남
아도는 노인처럼 늘어져 있을 때
거대한 묘지라고 부른, 방을 감옥이라고 부른 시절
은 여기
숲 속 오솔길을 걷고 있구나, 산등성을 오르고 있
구나
그때 꽃잎은 혀에 돋고 살에 파고들어 피를 빠는
벌레가
스르르 지친 발걸음에 산 자의 눈금을 잴 무렵

마음이 깃처럼 가벼워져야 죽음의 숨을 들을 수 있

다는데

  빛의 핏방울과 만나 바람에 박힌 글자들을 읽을 수
있다는데

  상자 속을 나와 나무 아래 뿌려지는 하얀 뼛가루
  낮은 노랫소리에 섞여 숨죽여 흐느끼는 울음에 섞여
  시간이 없는 곳으로 들어가는 하얀 뼛가루

  죽음의 눈과 만나 침이 고인 숨결을 받을 수 있어
  가벼워져야 하얀 머리카락의 피가 될 수 있는 날
  또 누군가는 우리 무덤 앞에서 고개를 숙이며
  누대로부터 오는 무덤을 파헤치겠지

개와 늑대의 시간

날마다 태어나는 여인이 지나간다
여인의 궁둥이는 지금 모퉁이를 밝히고
남자는 우두커니
모퉁이에 남아 있는 빛에 정신을 놓는다
남자는 여인이 짜놓은 즙을 마지막 한 방울까지 마
신 뒤에야
발걸음에 자신을 옮겨놓는다

가족 심리극
── 우주에 지구 같은 곳이 또 있다면?

*

아랑곳하지 않고 저녁은 온다 생각이 쓰는 잔들은
단맛으로 가득 차 있고 유리 조각은 아침까지 박혀
있다 호텔 쪽으로 달려가는 구급차──밤이 왔기 때문
에 사람들이 빛을 먹어치우느라 뛰어다녔다──십자
가가 계단을 풀어헤치고 한 발로 서 있다 젖을 먹인
적이 없는 처녀지인 어떤 감정 앞에서 처녀들은 기이
하게 뛰어오른다. 이것은 노란색 이를테면 신종 마약
같은 것 이제 가파른 착륙지인 6시는 아름다운 간판
들을 보고 듣는다 익어가는 버스 정류장 언짢게 웅크
리고 있는 카페와 견인차들 다만 몇몇 가로수들만이
은빛으로 깊어가고 테라스가 사는 곳에서, 7시가 걸
어가는 곳에서, 전단지가 자라는 곳에서, 나이트클럽
과 성형외과와 명상센터 지붕 위에서 두 손에 관해,
밤에 적반되는 두 손에 관해 거짓말이 다할 때까지
불판이 다할 때까지…… 당신을 기억하는가?

축축한 심장을 가졌으며 겸손한 빛을 잃지 않는 잔들, 밤을 응시하는 풍문들,

이를테면 촉새들의 특별식 같은 말들 말야 너는 무슨 입을 가졌니? 너 없는 곳에 대해 네가 더 많은 것을 알지? 연기는 가족이 없으니 쉴 곳을 찾는다 아름다운 작은 처녀는 더 많은 것을 듣느라 눈을 떼지 않는다

눈빛으로 데려가는, 생을 알아들으라는 듯 떨리는 어린 공간들 모르는 이들의 거리 발아래에서 어깨는 점점 좁아져간다

*

혀가 공간을 물들이는 순간 연기에 갇힌 자는 미친 사람처럼 환각을 만든다 어둠은 빛에 의해 강해진다 …… 바로 여기, 격정이 떠돌 때 숨을 터져 울릴 때

저 멀리, 빛은 하얗게 반짝이고 사라진 뒤까지 남는 잔상들, 계약도 없는

　너는 잘 게워낸 거짓말 속에 있고 8시의 젖 속에 있고 도망 속에 있고 바로 저기, 하얀빛 속에 있어 너는 생각하는 공포로서 시계를 타고 배어들다 돋지도 않은 날개를 펴 허공으로 솟아오르다 기어코 너를 가둔다──이것이 웃음의 공식

*

　그때 아래턱은 치솟아 천장에 닿고 이는 입을 가지고 있다 탁자에는 처지들이 모여 유리에 귀를 기울이면서 이윽고 자신이 아닌 사람을 본다 모든 것은 기어오르고 사다리를 통해 하늘에 다다른다── 죽은 자도 마찬가지! 구두에서 립스틱으로 그리고는 오직 하나, 홍분만이 물컹거릴 때 나이트클럽의 열린 문에서 열기와 함께 퍼져 나오는 냄새들 호텔 쪽으로 사라지

는 연인들 사람 속에서, 한밤중 거실 속에서, 불도 켜지 않은 집 속에서 왜 왔는지를 잊어버린 채 문을 두드리는 사람들 달 없는 밤 ── 어디론가 자꾸만 사라지는 사람들 흐느껴 울기 시작하는 처녀들 흐르면서 눈이 머는 낮과 밤 숨결 아래에 있는 9시

*

정말 알 수 없는 일들, 알 수 없는, 하루아침에 무너지는 듯한…… 내일이 몇 시에 올까? 징조들 사이 인간들의 발자국이 오가고 자동도어는 소리를 죽인다 닫힌 문 쪽으로 먼 곳은 다른 계절로 태어나고…… 너무 많은 채 자동도어들은 무엇이 되느라 솟아오른다…… 9시를 지나, 불타오르는 흐느낌,

그러나, 당신은 발자국에 있다 젖은 굉음이 내려오고 침실이 자라는 곳에서 빛이 들어찰 때까지 흘러나오는 불안을 숭배하시라(죽은 자는 모를 것)…… 투

쟁의 장소로 남은 마음이 연기처럼 떠오를 때까지

*

제때에 납부하지 않은 고지서는 우편함에서 눈을
부라린다, 빚으로 지은 계절도 있지 않은가? 돌이 열
어주는 빛은 언제나 붉은 것 그것은 섬에서 육지를
바라보는 것과 같은 것 가산세가 붙은 새벽이 온다,
이제 불빛을 옮긴 듯 다른 것은 엄두도 내지 못한 채
이번 생애가 서서히 사라진다, 기억에도 세금이 붙어
있다! 한쪽 날개가 불빛을 옮기고 있다, 빗으로 빚어
자신을 그리는 혀가 없는 눈

*

거꾸로 매달린 너, 외벽을 타고 오는 고별의 기억
너를 보는가, 낮으로부터 불려 나와 거짓말 속으로
가는 머리들 그래, 커튼이 열리고 아이들이 열리고

열린 거짓말 속으로 들어가 거짓말이 되는 거짓말,
거짓말 속에서 밥을 먹고 거짓말 속에서 섹스를 하고
거짓말 속에서 번식하는 통장들 계단마다 얼룩덜룩한
어둠이 오가네, 쓰레기통 주위로는 새끼를 거느린 고
양이들이 눈빛 속에서 떠내려가고 주체할 수 없는 나
무는 꽃가루를 내리네

*

앞을 가린 채 멀리 퍼져 있는 날들로 몸을 켜고 제
단에 서네 세상은 저 아래 있고 하늘은 가득 차 있네

두 눈을 치뜨고 공포에 입을 벌린 채 고개를 파묻고
있네 터지는 핏줄들이 떨며 안으로 울부짖을 때 번제
는 서서히 완성되네

양을 닮은 당신, 불빛도 거리도 널브러진 어둠도
통째로 불태워지는 양의 길을 따라가네 어디로부터

왔는지 피가 바닥과 함께 흐를 때까지……

명치 끝

지평선을 만든다 그것은 지금 눈 아래, 발밑에 깔
려 있다
　　당신은 지평선을 향해 걷는다 터질 듯한 바람을,
초록빛을, 자멸을 아주 가볍게 부딪치며 당신은 자신
의 모든 것과 보이는 모든 것을 지평선으로 만든다
다리를 건너 앙상한 나무 사이를 지나
　　당신은 당신 속에서 춥다 다시, 당신은 당신 속에
서 춥다

　　낡은 저녁 속으로, 서쪽으로
　　그리고 육체의 뒤를 따르는 머리카락은 기억을 기
억한다

　　당신은 지평선을 만든다 바람으로 작은 집으로 비
명으로
　　당신은 지평선을 걷는다 아득히 빛으로 남는다

말끝마다…… 낭떠러지……

나무는 돌의 일부이고 둘은 다섯의 일부이며
네게 베푼 것은 죄에서 비롯된 것

기억과 상상 속에서 사는 것은 어제오늘의 일이 아
니다
나와 비슷한 누군가를 찾는 일은 어리석은 일

강가에서도 돌은 물결들에 의해 둥글어진다
언제나 길은 두 갈래다
그것은 별자리처럼 움직이라는 것

— 너와는 말이 안 통해
— 그럼, 말하지 마!
— 네가 잘못한 것을 생각해봐
— 나는 잘못한 게 없어
— 잘못한 게 없어?
— 없어!

세계는 우연이며 우연 속에서 돌아간다
속이는 일과 속는 일 싸움에 이기는 것과 지는 것
불에 뛰어들기 전과 뛰어든 후는
모두 우연의 자궁에서 태어난 것

피가 입술의 일부이듯
슬픈 월요일은 기념일의 일부

만삭인 하늘로부터 태어난 달 긴 울음을 거느리며
사라지는 별
낮은 옷가지를 벗어 밤에 입히고
밤은 노래 속에 낮을 앉혀
대지를 떠나는 등을 두드린다 다시 만나는 내일까지
뱉어낸 모든 살들이

네가 아니라 나일 때까지 천천히,

너로 가는 것이 아니라 나로부터 둥글어질 때까지

— 박수는 푸른 것이야

— 휘갈겨 쓴 동작……

— 왼쪽으로 돌아봐

— 네가 아니라 나?

뮤지컬 타임캡슐

오프닝 코러스──너는 너를 지나고

언제나 오늘뿐인 내일 모든 문은 열려 있고
격정은 욕망으로부터 상속받은 것
여인이 날개로 가득 찬 도시에 앉아 있네 붉은 자
국이 남아 있는 이마
이미 다른 생애를 살았던 듯
주위를 옮겨놓고 혼자 자신을 지키고 있다네

숙인 고개에 퍼져 있는 날들의 저주는 제단에 있고
세상은 저 아래 있고
하늘은 내부를 받아들일 수 없을 만큼 가득 차 있고
여기
햇빛 아래에서 불타는 중

더할 나위 없이 바람 앞에

문은 열려 있지만 열리지 않지

모든 실패는 우리의 것 그러기에 장의사는 더욱 엄
숙해지지

죽 음 만 이 최 대 의 것

지금까지 사라진 것들은 모두 물든 숲

자꾸만 죽은 뒤에 행복하다고 말하지 마——눈물은
안쪽에서 터질 테니

문은 열려 있지만 열리지 않고

잠은 속눈썹에 물들고 고통들은 유전되어

운명을 만들고 있다네

깃털은 날아오른다——앙상블

사람들이 스칠 때마다 사라져

오, 유리창에 빛나는 햇빛

욕망이 채워질 때 욕망이 태어나는 것처럼 사라짐
끝에 오는

무수한 사람들의 유희야말로 모두 실제의 것

그러니 용서해!

덮어버리는 거야 애써 페이지를 뒤로 넘기는 거야
불쑥
　내일의 어딘가에 서는 사람들로부터 (순간순간 사
라지며)

　지금은 아니야……라고 말할 때 두려움이 사라질
테지

　상상해봐
　용서가 올 때까지 모험과 선택 사이 괴로운 의자에
앉은 여인처럼 살아남기 위해서

　아무것도 없이, 아무것도 없이, 아무런 핏기도 없이

자신의 몸으로 다가오는 현재 속에서 — 욕망이 그
에게 다가오기 전
두려움이 벅차오르기 전
순간, 바람은 파닥거리고 모래는 날아오르고
입을 벌려 숨을 내뿜는 여인에게서 사라지는 것
어제와 내일이 손잡고 오늘을 밀고하다
헐뜯는
유
　희
　속으로 사라지는 것이란
오오, 핏기도 없이 사라지는 감정의 문병들

거리에서 — 여인의 아리아

저무는 거리에서 오래도록 떠가는 것을 보았어요
슬픈 것들이 내는 소리로 계절의 이 끝은 아무래도
다음의 계절에 숨어들겠지요

나는 없는데 더 많은 나는 이렇게 서서
지는 빛에 물들어 파동 치는 허기와 함께 가라앉고
있답니다
여전히 싸우고, 빛도 없이 두드리고만 있는지요?
다시 태어나지 못한 채
자궁 밖 하늘로부터 배어 나오는 피처럼 유리창들
을 물들이고 있네요
발걸음을 뗄 때부터
죽음으로 다가가는 것이라던 길 사이로도

죽음만이, 새로 태어날 수 있다는 표지판이 보이고
어디서 나타났는지 나비 한 마리 날아가고 있어요

**아이 속으로, 깊은 잠 속으로, 천천히 사라지는 속
으로**

나비 금빛 날개를 허우적거리며 빛살을 튕기면서

날아가네 소리 없이 깊은 곳으로 세상으로 이어지는
다리 건너 오로지 자신이 되어 투명한 날갯짓으로 가
네 노래도 없이 존재하는 것도 없이 형상도 만들지
않고 아득히 빛나는 열리는 침대 위로 부르고 싶은
이름 위로

　모르는 얼굴 위로 서로와 서로를 넘어 머뭇거리고
있는 창문 넘어 사라지고, 사라지고, 사라지네 달아
오른 약병과 떨리는 시트 사이로 날개를 접었다 폈다,
날아가고, 날아가고, 울려 퍼지네

지골로 조*

조는 가죽처럼 눈을 떴다, 유리는 멍이 들어 있었다

그래, 가고 적시는 것이지, 뉴욕은 여인이 퍼붓는
키스처럼 질척거리지

계획은 이렇다—9번가 호텔에서 단발 여자, 아랍
여자

67층에서 하드코어, 조는 속보를 듣는다

이윽고 아린 듯 푸른빛이 휘돌았다

제 곳으로 돌아가는 발자국이 구워지는 곳

악사의 연주는 안중에도 없이 거뭇하지

기둥은 페이지를 넘기며 곧바로 다른 기억이 되고

오렌지는 다다를 곳이 있다는 듯 어깨를 들이치지

여기에 사이언톨로지교가 있다는 것은 먼 옛적

나는 거기에 가지 않을 것이다, 내게 사랑을 고백
하는

그 여자도 드디어 욕지거리를 뱉기 시작했다

꽃을 바치며 능멸하는 가시가 흘러오는 밤

푸르게 들이키는 땀들, 끊임없이 부풀어 오르는
성기

이제라도 늦지 않다는 듯 버튼을 만지작거릴 때
뒤늦게, 신호음이 가슴으로 퍼져온다
조는 거리 위로 내려앉는 분진을 바라보며
자신의 운명 속에 인간의 격언을 새기며
충전된 몸을 일으켜 9번가로 향했다

* 인공지능 로봇.

공모자들

하지만 그것은 골격
시작은 웃음을 입증하고 지혜는 기차를 타지 않는다
잘못 인쇄되는 새들 하지만, 좋아하는 것을 좋아하
는 것이야말로
호의를 인정하는 것, 모든 일은 언제나 정치적이
니까

서로는 서로의 눈빛으로 들어가
흥분에 주춤하지, 누구에게라도 간절함이 있듯이
눈을 부비는 태양, 폭염이 풍겨 나오는 가슴
그것은 고르지 못한 검은색

여기, 두 손을 팔아 얻은 것이 전부여서 밤은 후광
으로 빛나고
온갖 것에 감기는 몸뚱이들은 눈동자들이 반짝반짝
빛난다
우리들은 사기의 명수, 우리들은 공모의 명수

우리는 애칭으로 서로를
돌고래라고 부른다

다시 보는 형상의 유머들

어디에서나 흘러가는 것들은 무릎이 있다

　사막 한가운데 핀 꽃이 간직하고 있는 장엄 속에는 앙금으로부터 견딘 무릎이 있고 파산한 자의 웃음 속에는 다시 맺지 못하는 무릎이 달려 있다 그리고 언제나 중심을 깨닫는 데에는 상처의 도움을 받는다 고립을 마지막으로 택한 자의 눈을 바로 볼 때 팽팽한 불꽃 속을 걸어 나오는 결심 하나는 견고한 것을 쓰러뜨린다 도시의 한 구가 흘러가는 때 거리와 빌딩들이 요동을 치며 흘러가는 때 무릎은 권태 속에서 빠져나와 넋을 풍기고 여인들은 깃발을 가로지르는 유방을 흔들며 구원에 사랑을 맡긴다

　육체가 위대했던 때 그런 때가 있었다 이상하게도 서글프고 다른 생애를 살았어야 하는 씁쓸한 잔인이 저녁 식탁에 앉는다면 온갖 것을 빛내서라도 이 생애를 갚아야 할 것이네

어느 고장인가? 어느 독백이 재회를 기원하며 여름 잎사귀에 목을 맨단 말인가?

거대한 뿔과 이를 가는 뼈다귀들 사이에 찌푸리고 있는, 헐떡거리고 있는 순결로 주조된 폭염, 붉고 붉은 빛의 늘어진 혓바닥, 그 위로부터 솟아오르는 구린내 나는 구름, 그 위로 악취로 김을 내고 있는 하늘 위 행성들

비올라 연주자

　문을 빨아들이며 홀이 말라빠진 의자들을 다독이고
있었다
　한 줄기 빛이 켜지고,
　비올리스트는 가슴이 불룩한 드레스를 입고 중앙에
나타났다

　소리들은 지느러미가 돋쳐 있었다
　죽은 자들을 떠올리고
　산 자들을 죽게 만들며 제물들에 봉헌하고 있었다
　피가 고안해낸 빛을 퍼 올리고 있었다

　양 한 마리, 벌판 구름 아래 고삐에 매여 있다

　누군가를 향해 날아가는 분노
　격렬하게 입을 벌린 비올라 소리

　마침내
　나무들이 홀을 향해 잔인하게 잎을 흔들 때

양의 배에 깊숙이 박히는 칼날

복권 판매소

가판대 위에서 속수무책으로 눈치를 보는 복권들은 두개골이 사라진 인체를 바라본다 열번째 혹은 열네번째에서 오랫동안 거기 있었던 것처럼 팔리기를 고대하는 돼지머리처럼 무엇인가를 회상할 뿐 미래까지 기념일을 맞이하는 전등들은 눈을 감은 채 지느러미를 움직인다 그때 가지들은 정신을 잃고 우산은 단한 사람을 위해 발견을 믿고 있다 줄을 선 사람들은 몰락한 경험 때문에 한층 말쑥한 모습으로 영광 속에 자신을 멈추고 그중 맹목에 복종하는 사내와 여자 몇은 자발적으로 비를 빛에 달군다 영화의 장면처럼 길반대편에는 긴 코트를 입은 검은 안경의 부동산 중개소 건물 안에서는 계약서에 도장들이 찍힐 때 꿈이 서식하는 인기척 위로 치과 치료대 위에 누워 있는 썩은 이빨들

겨울의 장례

이 훌륭한 밤을 보내니 어떠냐
묘지들은 보다 더 가까이 있고 죽어본 자만이 혼을
믿는다

막 앰뷸런스 한 대 자신 속으로 들어오는 것을 막
아봐!
짖어도 겨울은 오거든

구월의 뼈로 빚은 팔차선 도로, 죽기만을 기다리는
가족들
죽어본 자만이, 죽어본 자만이 겨울이 온다는 것을
믿지
밤의 세간들이 외로운 추위에 떨 때
자신 속으로 들어가 나오지 않을 때

묘지에서 자라는 것들,
아이들은 믿을 수 없고 너무 부드러워
적들의 무기고인 웃음들 그리고 마지못해 열리는

거리

　거리는 장례가 시작되는 곳에서, 너무 많은 것을
기억해
　낮이 남몰래 돌아다니는 그사이 익어가는 불운
　아름다운 태양 아래로 가라, 기교를 부리지 말고
죽어라*

　그것이 기교의 방식, 식초 냄새에 침이 고이는 것
처럼
　죽음의 냄새에 고이는 육체들, 아닌 것처럼 해도
　지하상가의 생선 가게처럼 썩어가는 것들이 있다

　그건 시끄러운 소리에 다름 아니다
　어제가 오늘과 만나고 내일이 모레와 만나 조롱하
는 것을
　어째서 듣지 못하는가?

이제 아무도 믿지 마,

강물이 흩어지지 않으려 바닥으로 가라앉는다는 것
을 기억해
훌륭한 밤 보내, 바다처럼, 혼자

* 사라 키르쉬.

기억의 빛

강 동 호

박주택의 시 세계에서 기억이 핵심적인 위상을 차지하고 있다는 사실은 그리 새삼스러운 지적은 아닐 것이다. 그의 시가 "기억과 망각이 충돌하며 휘감기는 복잡한 몸의 회로"(오형엽)로 구성되어 있다는 진단이나 "손에 잡힐 듯한 시간의 현재성이 아니라 시간의 헤아릴 수 없는 잔주름들"(이광호)을 응시하고 있다는 분석은 그의 시가 기본적으로 기억이라는 어두운 공동을 둘러싼 언어적 움직임의 파장에서 산출되는 이미지들에 의해 씌어지고 있다는 사실을 공통적으로 암시하고 있다. 이번 새 시집『또 하나의 지구가 필요할 때』역시 언뜻 읽기에는 이러한 기억의 문제를 포기하지 않고 있다는 인상을 주는데, 그런 의미에서 일단 그의 시집을 읽는 시간은 도처에 놓인 기억의 문을 여는 과정에 대응된다고도 말할 수 있을 것 같다. 우선 첫

시를 보라.

　나는 온다, 안개의 계단을 내려와 홀로 남은 빵처럼, 팔리
지 않는 침묵처럼
　나는 내 발자국을 따라와 가느다란 빛이 이어주고 있는 기
억 사이에 서 있다

　나는 사람들이 그리워하는 것을 그리워하며 살았다
　그러나 어느 곳에 서 있었는지 작은 것조차 어두웠다

　나는 온다, 밤이 다할 때까지
　기억에서는 또 잡귀가 태어나리라
　　　　　　　　　　　　──「언제나 기억의 한가운데」 전문

　제목이 암시하고 있듯 이번에도 그의 시는 어김없이 "기
억의 한가운데"에 서 있는 것처럼 보인다. 그렇다면 시인
은 언제나 추억의 풍경에 매여 있는 삶, 일종의 과거지향
적인 일상에서 벗어날 수 없다는 뜻일까? 그런데, 그렇게
단정 짓기에는 어딘가 석연치 않은 구석이 있다. 그의 시
집 전체를 찬찬히 읽어본 독자라면 금방 의문을 품어볼 수
있겠지만, 시인이 기억에서 헤어 나오지 못한다고 여기기
에는 무엇보다 이 시집 전체를 통틀어 구체적인 기억을 주
조하는 사건을 발견하는 것이 어렵다는 사실을 그냥 지나

칠 수 없으니 말이다. 그렇다고 해서 그의 기억이 일종의 숨겨진 비밀로 기능한다고도 말할 수 없다. 어쩌면 박주택에게 기억은 사전적인 정의대로 과거에 실재했던 분명한 사건에 대한 반추 과정이라고 보기에는 충분하지 않은 것인지도 모를 일이다. 어떻게 된 일인가?

우리의 가설을 미리 누설하자면, 박주택에게 있어 기억이라는 낱말은 통상적으로 시에서 기억이 차지하고 있던 역할과 정반대의 일, 다시 말해 그 자신도 기억하지 못하는 미지의 기억과 만나는 일에 가깝다. 미지의 기억을 기억한다고? 이것은 불가능한 형용모순이 아닌가? 그러나, 단순히 그렇지만은 않은 것 같다. "*자궁은 말한다 말할 수 없는 것을 말하고 기억하지 못하는 것을 기억하라*"(「강변 산부인과 ── 부재만이 아름답고 모든 사라짐만이 충만한 환영」). 이것은 박주택 시집의 전언을 요약한 말이기도 하거니와, 시인의 기억술은 기억할 수 없는 것을 기어이 기억하게 만들어야 한다는 어떤 불가능한 욕망과 무관해 보이지 않는다.

일단 이러한 사실을 염두에 두고, 다시 첫 시를 읽어보자. 첫 행에서 시인은 "나는 온다"고 다소 선언하듯 말하고 있으나, 이 진술은 이상한 시제로 이루어져 있다고 해도 과언이 아니다. 나의 현존('나는 온다')은 이미 달성된 사건이라기보다는 현재형으로 계속되는 일종의 상황이자 동시에 "밤이 다할 때까지" 끝날 수 없는 사태에 가깝기 때문이다. 이것은 영원히 닫힐 수 없는 현재, 즉 영원한 현재의 지속이지만 이 말은 역설적이게도 시인에게 최소한 나의 현존이라는 차원에서는 현재형의 시제가 허용될 수 없다는 의미이기도 하다. 과연 "안개의 계단을 내려와 홀로 남은 빵처럼, 팔리지 않는 침울처럼/나는 내 발자국을 따라와 가느다란 빛이 이어주고 있는 기억 사이에 서 있다"라는 미묘한 문장은 현존의 차원에서 그것의 현재적 완성을 이루어낼 수 없는 시인의 처지를 말해준다. 여기서부터 시인의 현존은 일반적인 기억의 메커니즘과 이상하게 불화하기 시작한다. 왜? 본래 기억이란 현재화된 과거이니까. 그러나, 그의 기억은 팔릴 수 없는 침울처럼 영원히 어떤 감정으로 현재화되는 것을 끝내 저항하고야 만다.

그의 이번 시집에서 기억은 시를 통해 편안하고 안정적인 정념을 실어 나르기 위한 구체적인 재료로 동원되는 법이 없는데, 이러한 사실은 그의 회고담이 일종의 낭만적 치장과는 전혀 무관하다는 사실을 환기한다. 그러므로 첫 시에서 시인이 "언제나"라고 썼을 때, 그것은 자신이 그저 추억에 머물러 있을 수밖에 없다는 처지를 알리기 위한 것이라는 편견과 우리는 단호히 결별할 필요가 있다. 때문에 시인은 자신이 기억의 한가운데에 있는 것은 비록 확신할지언정 한편으로 "어느 곳에 서 있었는지 작은 것조차 어두웠다"고 실토하는 것이다. 이러한 어둠이야말로 박주택 시의 태생적 색조라고 할 수 있을 것인데, 그 어두운 기억

에서는 매번 잡귀가 태어나는 중이다. 분명히 말하자. 이
때의 잡귀는 기억 속에 머물고 있던 어떤 것, 정신분석학
에서 말하는 억압된 것의 불길한 회귀와는 아무런 관련이
없다. 잡귀는 그의 기억이 포박하고 있던 과거의 사건과
연관되는 것이 아니라 매순간 현재의 시간으로 개입해 들
어오는 어떤 외부의 흔적을 가리키는 것에 가깝다. 가령,
다음 시는 그러한 면모를 조금은 더 분명한 상황을 통해
적시하는 것 같다.

새로 문을 연 카페에서 교토를 떠올린 것은 어제였다

나는 교토에 가본 적이 없다
그러나 내가 사라져버리면 묻힐 곳이 있듯이
아이가 첫걸음을 뗄 때만큼
기쁨이 순간적으로 몰려왔던 때는 드물 것이다

창밖을 보며
물끄러미 흘러나오는 노래에 귀를 기울이고 있는 사람들
마치 밀양에 가보지도 않고 밀양에 간 것처럼 말이다

벚꽃이 피어 있는 교토, 깊은 봄을 재촉하는 고양이가
골목을 휘젓고 다니면 막 나인 것처럼 나를 부르겠지
그때 유끼오 씨는 두꺼운 창문을 열고

4월의 그날 밤에 충고를 거절하겠지

아무래도 나는 너무 많은 상상을 보아온 것 같다
기둥들 사이 이제껏…… 정말이지 이해할 수 없는 일들
까지
나무는 산 아래 언덕 위에 있었다
그곳에는 꽃이 피어 있었다
아무 의미도 없이
삼류 여관과도 같이 주위를 지배하고 있었다

나는 교토를 가본 적이 없다
첫걸음을 뗀 아이는
이제 제 방에 남자를 끌어들일 정도로 눈도 녹고 마른 날
저녁에는 태어나지 않은 것들이 흔드는
커피에서 풀리는 노란 코트
모든 길들이 모여들고, 모든 감정이 퍼져 있는
빛 속으로 흰빛을 움켜쥔다,
날씨는 모든 것을 향해 있다 이렇게 말이다
창으로 떨어지는 빛…… 아무것도 알 수 없는
모든 것이 가르쳐주지 않는 장소에서
스스로를 들여다보기 위해
흔적이 다시 돋아날 때까지 물들이는 빛
빛에 지워지고 빛 속을 걸어오는 사람들

그때까지 숨을 들이켜며 커피에 물드는 예감은

두 눈에 어떤 느낌을 고정한 채

이윽고 자신이 되기를 기다린다,

나는 교토에 가본 적이 없다

오후 4시, 카페 밖에는

작은 새처럼 커다란 가로수가 서 있다

                         ——「교토에 가본 적이 없다」 전문

    새로 개장한 카페에서 화자는 창밖을 바라보다 문득 교토를 떠올리는 중이다. 묘한 상황이 아닐 수 없다. 창밖 풍경과 교토라는 도시의 공간적 유사성이 벚꽃이 피어 있다는 사실 외에는 현저히 부족한 것은 물론이거니와 "교토에 가본 적이 없다"는 화자의 고백대로 그는 자신이 전혀 경험해본 적 없는 어떤 장소의 풍경을 기억해내고 있기 때문이다. 그렇다면 이러한 기억은 일종의 간접적인 유사 경험에서 촉발된 우발적인 상념에 불과할까? 그러나 그렇다고 단정 짓기 전에 이러한 상기의 메커니즘이 지니고 있는 복잡성을 조금 더 음미할 필요가 있다. 시인의 기억이 어딘지 근본적인 데가 있는 것처럼 읽히기 때문이다.

    이 근본적인 기억의 메커니즘을 이해하기 위해서는 다소 뜬금없어 보이는 전혀 다른 두 사태가 벌이는 특유의

상응 관계에 주목할 필요가 있다. 그러니까 위 시에는 두 가지 서로 다른 시간축 사이의 대립적인 긴장이 있는데, 이것은 내가 현재 살아가고 있는 시간과 전혀 무관해 보이는 어떤 다른 시간이 지금 내 삶 속으로 침범해 들어오고 있다는 예감 속에서 발생하고 있다. 이를테면 교토에 가본 적이 없는 나와 교토를 떠올리고 있는 나, 첫걸음을 뗀 아이와 제 방에 남자를 끌어들일 만큼 성장한 아이, 그리고 마지막 행에 진술되고 있는 것처럼 "작은 새처럼" 서 있는 "커다란 가로수" 사이의 비약적인 비유의 대응에 의해 조성된다. 흥미로운 것은 이러한 연결을 가능케 하는 "예감"이 이번 시집에서의 기억의 근본적인 존재론적 성격과 무관하지 않다는 점이다. 즉, 박주택의 기억은 주체가 경험했던 사건의 전모를 복원하는 행위가 아니라, 서로 만날 수 없는 평행 우주의 세계가 서로 일순간에 교통할 수 있으리라는 어떤 시적 상상력에 더욱 가깝다. 그러므로 그가 기억이라는 단어를 입에 올릴 때 그가 겨냥하고 있는 것은 기억의 구체적인 전모라기보다는 기억이라는 인간적 행위의 형식 그 자체이다. 그러니 박주택의 시가 감행하고 있듯, 그야말로 기억을 기억하기 위해서는 우선 기억을 잘게 부수어 흩어놓는 선행 작업이 필요하다. 이를 감안해야만 우리는 박주택이 말하는 기억의 실상에 조금 더 가까이 다가갈 수 있을 것이다.

지평선을 만든다 그것은 지금 눈 아래, 발밑에 깔려 있다

당신은 지평선을 향해 걷는다 터질듯한 바람을, 초록빛을, 자멸을 아주 가볍게 부딪치며 당신은 자신의 모든 것과 보이는 모든 것을 지평선으로 만든다 다리를 건너 앙상한 나무 사이를 지나

당신은 당신 속에서 춤다 다시, 당신은 당신 속에서 춤다

낡은 저녁 속으로, 서쪽으로
그리고 육체의 뒤를 따르는 머리카락은 기억을 기억한다

당신은 지평선을 만든다 바람으로 작은 집으로 비명으로
당신은 지평선을 걷는다 아득히 빛으로 남는다
　　　　　　　　　　　　──「명치 끝」 전문(강조는 인용자)

"당신은 자신의 모든 것과 보이는 모든 것을 지평선으로 만든다"라고 했거니와, 이때 지평선이 지닌 존재론적 위상에 주목하는 것은 박주택 시에서 기억이 차지하는 위치를 이해하는 데 적지 않은 도움을 준다. 알다시피 지평선은 실재하는 대상이 아니라, 감각으로 실체화할 수 없는 저 너머의 세계가 주관의 감각적 한계를 통해 표상되는 것에 가깝다. 그러나, 한편 지평선은 한계의 결과이기도 하면서 결국 주관으로 하여금 그 자신의 한계 자체를 표상하게 만드는 현상학적 경계 체험의 한 형식이기도 하다. 모든 것

을 지평선으로 만든다는 것은 모든 세계를 지평선이라는 경험 구조로 파악한다는 말과 다르지 않으며, 나아가 객관적 사태 속에서 주관의 한계를 발견한다는 뜻과 같다. 그리고 그것은 시인이 고집스럽게 시인의 한계 안에서 시적인 것을 발견한다는 말로도 읽힐 수 있을 것이다.

그런 맥락에서 시인이 "육체의 뒤를 따르는 머리카락은 기억을 기억한다"고 고백한 것은 각별히 되새겨볼 필요가 있다. 기억 역시 위에서 제시되어 있는 지평선의 경험 구조와 정확히 일치할 수 있기 때문이다. 가령 이렇게 물어보자. 기억을 기억한다는 것은 무슨 뜻인가? 기억을 기억하는 일이란 끝도 없이 펼쳐진 지평선 저 너머의 세계를 상상하는 일이면서 동시에 그것을 초월적인 이상향으로 남겨두는 대신 내재적인 주관성의 지평으로 받아들인다는 주체의 의지를 함축한다. 그리하여 기억을 기억한다는 것은 기억할 수 없는 것을 기억하는 것, 아니 기억할 수 없는 것을 일종의 기억의 한계이자 동시에 기억을 낳게 하는 어떤 존재론적 배후로 드리운다는 뜻이다. 지평선이 실재하는 것이 아니듯, 기억을 태동하게 만드는 그 조건 역시 눈에 보이지 않은 상태에서 철저히 우리 삶의 배후로 남을 뿐이다. 그러므로 그것은 어떤 의미에서는 어둠이 지니는 의미와도 크게 다르지 않을 것이다. 왜 어둠인가? 어둠이 단순히 빛의 부재가 아니라 빛을 태동하게 만드는 잠재적인 근원일 수 있듯, 시적 상상력의 가장 잠재적인 근원이

자 배경으로서의 어둠을 바라보는 것이야말로 박주택이 말하는 기억을 응시하는 일과 대응될 수 있기 때문이다. 이렇게.

어둠을 뚫어지게 바라보니 어둠도 뚫어지게 바라본다
별이 빛으로 반짝이기까지 낮은 무엇의 배경이 되었을까
어둠이, 어둠이 되었을 때
그 배경으로 잠이 들고 말도 잠을 잔다
말이 잠들지 않았다면 붉은 말들은 무엇을 만들어낼 것인가
어둠 속으로 한 발자국 걸어가는 동안
어둠이 한 발자국 걸어온다
어둠은 낮에게 어둠에 가깝게 보일 때까지
자신을 말하지 않고도 낮의 것을 받아들인다
그러지 않고서야 어떻게 검을 수가 있단 말인가
그래서 어둠이 키우는 것은 대개 마른 것들
벌어진 살에 쓸리는 것들
어둠 속에서 어둠의 숨을 듣는다
어둠에게 서서 어깨에 없는 손을 본다
어둠이 깊은 것으로 자신을 만들어
모든 것의 배경이 되는 것을 본다

수많은 별이 빛날 때까지

수많은 말이 잠들 때까지

수많은 마음이 잠들 때까지
                    ——「어둠의 산문」 전문

  위 시에서 우리는 더욱 깊은 어둠으로 변모하면서 모든 것의 배경이 되는 어떤 장엄하고도 광활한 어둠의 장막을 목도할 수 있다. 모든 것이 잠들면서 어둠의 배후로 물러날 때, 비로소 대낮의 광휘에 의해 가려져 있던 별의 자취가 드러나기에 이른다. 이때 어둠은 그저 빛이 부재하는 순간에 불과한 것이 아니라, 어떤 충만한 채워짐일 수 있다. 어둠을 그 자체로 하나의 대상으로 간주하는 시인의 상상력은 바로 이 배후의 전경화가 새로운 현실의 각성을 가능케 하는 조건이 될 수 있다는 믿음 위에서 발동될 수 있는 것이다. 세속의 말이 잠들고, 현실의 마음이 의식 아래의 수면으로 잠길 때에만 우리는 비로소 "어둠의 숨을" 숨죽여 듣는다.

  이러한 사정은 기억에 있어서도 마찬가지다. 우리가 기억할 수 있는 것을 기억하는 것은 최소한 시에서 말하는 의미 있는 기억은 아니다. 시가 감행하는 기억은 기억할 수 없는 것의 심연 속으로 들어가, 그 망각의 숨을 듣는 작업이다. 그런 의미에서 망각은 기억의 부재가 아니라,

기억을 의미 있는 시적 기억으로 만들기 위한 충만한 부재의 다른 이름이다. 현실의 언어에서 망각이라는 사태는 어떤 기억할 만한 사건이 마음에 각인된 이후 비로소 발생하는 것으로 생각되기 쉽지만, 어떤 의미에서 망각은 사건이 발생하기 이전에 선재할 수 있는 사태의 총칭이기도 하다. 이 충만한 부재의 공조가 없다면, 망각은 깊이를 얻지 못하며 기억 역시 별다른 의미를 지니지 못한 그저 억지로 복원된 죽은 사실의 모뉴망에 불과할 뿐이다. 그런 의미에서 망각과 한몸이라 할 수 있는 시의 기억은 경험의 대상이기 전에 경험을 이루는 조건이자 경험을 유의미한 시적 경험으로 만들어내는 형식이기도 한 셈이다. 박주택은 기억을 기억함으로써 기억을 과거에 속박된 어떤 것으로 재구성하지 않고, 대신 지금 여기의 현실을 알려지지 않은 어두운 빛의 기억을 통해 일상의 속박으로부터 해방시킨다. 즉 시인의 기억은 구체화할 수 있는 경험이 아니라, 그 경험을 비로소 경험으로 만들 수 있도록 도모하는 상상력의 존재론적 토대와 같은 것이기도 하다.

그런 맥락에서 박주택이야말로 기억의 형식주의자라는 이름에 어울리는 시인인지도 모르겠다. 물론 이때의 형식이 내용과 이분법적으로 분리된 어떤 외관이라고 오해해서는 안 될 것이다. 빛과 어둠이 서로 분리될 수 있는 것이 아니라 서로를 가능케 하는 부재의 조건으로 정의될 수 있는 것처럼, 형식으로서의 기억은 내용으로서의 기억이 비

로소 의미 있는 경험으로 조성되기 위한 어떤 조건으로서
의 부재이니 말이다. 예를 들면 이런 식이다.

　　예를 들면
　　이런 식 형상은 존재를 만들고 존재는 마음을 만든다 존재
의 형식인 저 보관소는 원인을 낳는다 지구는 얼음의 행성과
부딪쳐 물이 생겨났다는 것도 바로 같은 식,

　　이를테면
　　지구의 형식이 얼음인 셈 인형이 아름다운 것, 십자가가
능력을 유지하는 것, 조국이 불행을 요구하는 것, 이 모두는
형상의 유머들이다

　　습기를 참으며 소란을 응시하는 저 수하물 보관소
　　입을 다물고 유령의 눈동자처럼 혹은 권리를 존중하는 의
무처럼 자신을 중심으로 앉힌 뒤 살아 있는 수풀처럼 밀약으
로 가는 계약서처럼,

　　이것은
　　예전부터 흐르던 깊은 골짜기로 파닥거리는 검은 종족 오
직 그 자신의 것으로 들어 올리려 불만을 허락하는 덫 속의
하늘 즉 또 다른 전체성의 형식

그리하여

저녁의 형상은 저녁의 허무를 낳고 정적의 형상은 지저귐
을 낳는다

빛이 있을 때까지 아무것도 바뀌지 않는다는 것을 알면서
도 발걸음 소리가 들릴 때까지 가르랑거리는 길에 다시 나타
나 새로운 형식으로 끝이 죽음인 사랑을 시작하기를

차례차례

부드러운 울음을 서둘러 되풀이하기를 전부가 아니더라도
중심으로 정원과 강과 하늘을 파종하기 위해서!

—「덫」전문

"지구의 형식이 얼음"이라는 말에 기묘한 형태의 역전이
개입하고 있음을 눈치채기란 그리 어려운 일이 아니다. 얼
음의 행성과 충돌하여 탄생한 지구의 입장에서 보자면 얼
음은 지구를 존재하게 만드는 기원이거나 혹은 그 기원의
흔적을 보여주는 기미 같은 것이다. 그러나 시인은 단언하
듯 얼음이야말로 지구라는 존재의 형식이라고 말하는 중이
다. 시인이 얼음을 일종의 형식으로 삼는 것은 기억할 수
없는 것을 기억하는 형식으로서의 시적 상상력이 "또 다른
전체성의 형식"으로 변모하는 일과 같다. 우리는 보통 존
재의 기원이라고 할 수 있는 것이 일종의 원인이라고 간주
하는 선형적인 사고에서 벗어나지 못하지만, 경험이 기억

에 의해 조형되는 바를 가만히 따져보면 원인 역시 존재의 형상이 만들어지고 나서 사후적으로 탄생할 수도 있는 것이다. 마치 우리는 우리를 존재하도록 만든 그 최초의 사건에 대한 기억을 가질 수 없지만, 그 불가능한 기억을 현재의 형상을 통해 반추하는 것은 가능하듯이. 아니, 더 정확히 말하면 현재의 형상을 통해 그 기억의 불가능성을 내면화하고 오히려 적극적으로 그 기억을 상상하는 것은 분명 매력적인 일이다. 기억할 수 없는 태초의 순간을 부재와 어둠의 형식으로 기억한다는 것은 우리의 기억에 깊이를 부여하는 초석이 되기 때문이다. 사정은 시인의 마음 또한 크게 다르지 않은 것 같다.

　　　마음은 불타오르다 그 불로 먼 곳을 비출 것이다
　　　그 불로 기억의 동굴 속을 비출 것이다

　　　마음이 그 자신으로
　　　소리를 이루는 곳, 언제나 그곳에서
　　　마음에서 멀어진 것들만이 우두커니 흰말을 기다린다
　　　　　　　　　　　　　　　　　——「마음의 거처」부분

　　　마음이 숨어 있는 곳, 너무 먼 곳
　　　알 수 없는 말들로 이루어져 겹겹의 통역이 필요한 곳

〔······〕

마음이 있는 곳,
소리 없는 곳에 소리가 있고 나무가 뽑힌 웅덩이는
나무를 기억하기 위해 비어 있네
일찍이 마음을 찾아 헤매다 지쳐 앉은 자리에는
수도승 몇이 순례에 지쳐 물을 나누어 마셨지만 돌아오고
돌아온 발자국에는
풀잎들 몇 돋아 있을 뿐

——「혹은 은둔의 제국」 부분

　이번 시집에서 우리가 시인의 마음이 직접적으로 누설
되는 장면을 보기가 힘든 것도 그와 관련이 있다. 오히려
상황은 정반대인 것처럼 읽힌다. 상투적인 시는 시인의 마
음을 왜곡 없이 언어로 복원하여 더욱 절실하게 전달하는
것이 목표일 수 있겠으나 박주택에게 마음은 오히려 불태
워야 할 대상이다. 왜냐하면 마음을 소각한 이후에야 비로
소 "마음에서 멀어진 것들"과 시가 만날 수 있는 계기를 얻
을 수 있으며, 이 계기를 매개로 부재와 현존의 변증법적
언어의 운동이 발생하기 때문이다. 은둔해 있는 마음이 펼
쳐내는 알 수 없는 말을 현실의 언어로 번안하는 대신, 마
치 "나무가 뽑힌 웅덩이는/나무를 기억하기 위해 비어
있"듯이 그 알 수 없는 마음의 빈 곳을 응시함으로써 거꾸

로 "기억의 동굴 속을" 환하게 비추는 어떤 상상이 가능해진다는 것이다. 말하자면 그것은 부재로서 현존을 밝히는 일과 같다. 그러나 그것 역시 마음의 온전한 재건축을 뜻하지는 않는다. 박주택의 시가 비극적인 분위기와 느낌으로 미만해 있음에도 불구하고 시인의 정념이라고 할 만한 것을 표현해주는 객관적 상관물을 좀처럼 드러내지 않는 것은 시인 스스로가 자신의 마음을 토해내는 데 인색하기 때문이 아니라, 늘 그렇게 마음을 불태움으로써 타자의 기미를 받아내고 마침내 그가 기억하지 못한 기억의 말들을 불러내려 하기 때문이다.

이처럼 박주택의 시는 기억 속에서 끊임없이 갱신되는 경험의 계기들을 포착해나가는 중이다. 그의 기억이 구체적인 사건을 지시하기에 앞서 많은 경우 어떤 선험적인 관념의 지위를 구가하는 듯한 뉘앙스를 풍기는 까닭도 같은 맥락에서 이해할 수 있다. 오해를 피하자는 차원에서 덧붙이면, 이 짙은 선험성이 그저 기억이라는 관념어를 매개로 시인이 일종의 정신주의로의 비약을 감행함을 의미하는 것은 분명 아니다. "생은 육체로 요약되지"(「옷 짜는 대합실」)라는 구절에서 명시적으로 드러나듯, 박주택이 관념과 정신, 그리고 기억을 노래하는 것은 현실로부터 벗어나기 위해서가 아니라 오히려 이 비참하고도 너절한 현실로서의 '육체'를 망각하지 않기 위해서다. 더 정확히 말하면, 현실로서의 육체로 흐르기 위해 시인은 무의식의 강물로

흐르는 잠을 향해 계속해서 기억을 가라앉히는 중이라 할
수 있을 것이다.

　　강물이 흩어지지 않으려 바닥으로 가라앉는다는 것을 기
　억해
　　훌륭한 밤 보내, 바닥처럼, 혼자
　　　　　　　　　　　　　　　　　　　──「겨울의 장례」 부분

　이 매력적인 문장을 각별히 기억해둘 필요가 있을 것 같
다. 그의 끝없는 언어적 운동성의 비밀이 바닥으로의 침잠
과 관련 있다는 것을 직접적으로 밝힘은 물론이거니와, 이
침잠이야말로 "아무것도 알 수 없는/모든 것이 가르쳐주
지 않는 장소에서/스스로를 들여다보기 위해/흔적이 다시
돋아날 때까지 물들이는 빛"(「교토에 가본 적이 없다」)에
대한 예감이 태동하게 만드는 상상력의 원천이니 말이다.
그러므로 이 예감은 (이미 그 단어에서 환기하고 있듯) 그
의 시가 과거지향적인 것에 붙잡혀 있는 것이 아니라, 오
히려 미래에 정향하고 있다는 사실을 보여준다. 요컨대 그
의 시에서 기억은 수동적으로 떠올려지는 것이 아니라, 매
번 적극적으로 탄생하는 것이다. 박주택의 시 도처에서 기
억과 더불어 탄생이라는 단어가 동등한 수준에서 언급되는
까닭도 그와 무관하지 않다. 다음의 사례들처럼.

당신은 육체이기 전에 먹먹한 귀를 가진 푸른 공기로부터
나오는 구름의 물방울로 태어난 사람처럼 짓눌려 있다 모두
가 당신을 바라보고 있는 사이, 빛이 반질거리는 것을 이빨
아래 드러내고 있는 사이 당신은 태어나는 기억의 눈동자를
내려다보고 있었다
　　　　　　　　　　　　　　　　　──「저수지」 부분

　　죽음만이, 새로 태어날 수 있다는 표지판이 보이고
　　어디서 나타났는지 나비 한 마리 날아가고 있어요
　　　　　　　　　　　　　　　　──「뮤지컬 타임캡슐」 부분

　　그러니 당신이 있는 곳에 위안이 있으라

1

　　당신은 일찍이 누구를 죽이려고 한 적도 없고 십자가 아래
에 아이를 버린 적도 없으니 당신의 봉변은 유래가 없는 것
이다 아무리 힘들어도 견딜 수 있는 것은 태어나기도 전의
기억이 없는 곳으로 데려가는 기억 때문만은 아니다
　　　　　　　　　　　　　　　　　──「불타는 육체」 부분

　　이상한 빛이 하늘로부터 내려오고 있었으니 오래된 세기
의 빛이거나 알에서 태어날 징조였다

──「무연고 사망자 공고」 부분

　이토록 박주택의 시에는 기억이라는 형식 속에서 탄생의 조짐이 엿보이는 순간들을 포착해내는 장면들로 충만하다. "태어나는 기억의 눈동자"라고 했거니와, 다른 말로 바꾸자면 이는 모든 죽음과 소멸의 도정에서 번뜩이는 또다른 현실의 태어남 자체에 대한 기억이라고 할 수 있다. 누차 강조하는 것이지만 태어남을 기억할 수는 없는 법이다. 그러니 시인의 태어남은 새로운 사건과의 대면을 통해 발견되거나 반대로 부재의 무덤에서 소환된 과거의 갱신을 통해 발굴되는 것이라기보다는 부재 그 자체와의 직면에서 비로소 환기되는 어떤 불가능성에 대한 욕망에 가깝다고 할 수 있을 것이다. 이 욕망을 유지하고 영원히 다가갈 수 없는 존재의 심연으로 뛰어드는 것이야말로 시인의 기억이 담당하는 일이리라. 그러니 시인의 기억이 어둠, 밤, 그리고 잠에 특별한 애정을 피력하는 것은 불가피하다. 그것을 경유해야만 평안하고도 안정되어 보이는 현실의 죽은 언어들이 살아 움직이면서 비로소 또 다른 현실을 일깨우는 언어들을 탄생하도록 도모할 수 있기 때문이다. 시인이 자주 잠을 청하는 것은 이 너절한 현실을 잊기 위해서가 아니라 그 현실을 새로운 가능성의 기운으로 충전시키기 위해서다. 그 충전의 기미는 박주택의 시 곳곳에서 화려한 이미지들을 거느리면서 어떤 긴장의 운동을 발생시키는 장면으로 극단화되기도 한다. 이러한 긴장의 운동이 빼어난 풍경으로 형상화된 대표적인 시 한 편을 인용해보자.

　이제 길고 가는 열매들의 시월
　차디찬 바람과 섞이며 햇볕은 구부러지고 큰 물혹들이 잡히는 어깨뼈 아래 두려움은 서툰 변명을 시작한다

　그것은 마치 우울한 근대사 같기도 하고 망령들의 목청 같기도 하다 해머는 빙빙 돌며 하늘을 요동친다 해머는 뼈를 뚫고 나온 길들로 산 적이 없는 공간을 향해, 더는 듣기 싫은 욱하는 마음으로 공중을 반복하여 흔든다

　공중은 윙윙 돌아가는 해머에 부서지며 입을 닫기 위해 악다구니로 소리친다 그러나 지금은 보여주는 입을 대신하기 위해 해머는 줄 끝을 팽팽히 당겨, 더욱 공중을 넘어서려 한다

　시월이고 알이고 중심인 줄 끝에 매달려 육중하게 돌아가는 떨림이 가득한 순간은 치밀어 오르는 분노의 연장 같은 것
　죽은 도시를 일깨우는 새로운 말 같은 것, 시체 같기도, 악령 같기도 한 인간의 깊은 양심을 향해 날아가고자 하는 총알과 같은 것

　해머 선수, 다리 근육을 당겨 창세기를 펼치는 혼돈으로

부터 끊임없이 태어나고 있는 눈을 부라리며 얼굴 전체를 일
그러뜨리며 해머를 던진다

　허공의 두개골을 깨려는 듯
　무의 중심으로 알을 가라앉히려는 듯
　　　　　　　　　　　　　──「해머 선수」 전문

　바람에 흔들리는 시월의 열매는 지금 "공중을 반복하며
흔"드는 중이다. 인용된 시는 이 시집 전체를 통해 박주택
의 시가 보여주고 있는 언어적 운동 양태를 요약해서 보여
주는 일종의 조감도로 읽힐 수 있다. "빙빙 돌며 하늘을
요동"치는 시월의 열매는 완숙과 성숙의 경지를 거부하고
바람에 몸을 맡긴 채 스스로를 "팽팽히 당겨, 더욱 공중을
넘어서려" 하고 있다. 이 역동적이고 화려한 장면에는 우
울과 분노가 서려 있으며 아울러 바람에 스스로를 맡긴 채
흔들리고자 하는 시적 주체의 희열이 가득하다. 이전 시집
『시간의 동공』(문학과지성사, 2009)의 해설에서 정과리는
박주택의 언어가 어떤 선험적인 움직임을 보이고 있다고
말하며 "그것은 움직인다고 말하기 전에 이미 있으며 동시
에 움직인다고 말한 이후에도 말의 제어권 바깥에 놓여 있
다"(「눈동자로부터의 모험」, p. 131)라고 정확하게 지적한
바 있는데, "근육을 당겨 창세기를 펼치는 혼돈으로부터
끊임없이 태어나"는 듯한 그의 끝없는 언어의 운동성은 이

번 시집에서도 변함이 없다. 다만 한 가지를 더 지적하자면, 이처럼 방향을 예측할 수 없는 언어들의 진폭이 "무의 중심으로 알을 가라앉히려는" 움직임 속에서 비로소 탄생한다는 것은 거듭 강조할 필요가 있을 것이다. 즉, 정체를 결코 드러내지 않는 기억의 중심에는 아무런 내용도 없는 무가 자리하고 있을지 모르지만, 이는 우리의 육체가 실은 그 어떤 의미로도 완벽하게 장악될 수 없다는 것을 암시하는지도 모른다. 그것은 달리 말하면, 박주택의 시가 끝없이 운동하는 것은 그 무엇으로도 그의 사유가 현재의 지평에서 안정화될 수 없다는 뜻이기도 하다. 그러므로 그의 기억은 과거와는 관련이 없으며, 급기야는 이 글의 서두에서 밝혔듯이 영원히 닫힐 수 없는 현재의 지속, 즉 현재의 무화를 기도하는 데에까지 이르는 것이다. 과거도 현재도 없다면, 남는 것은 무엇일까? 바로 이 지점에서 우리는 박주택의 시가 분명하게 의도하고 있는 시간성과 만날 수 있으며, 완벽한 무이자 공백인 저 알의 중심에서 우리는 비로소 어떤 미래에 대한 예감이 탄생하는 장관을 목격할 수 있다. 그러니까, 박주택이 잠의 세계로 걸어가는 것은 초현실주의적인 시인들이 자주 그러하듯 그 무의식의 세계에서 미래라는 이름의 다른 시간이 탄생한 어떤 기미의 섭생을 돕는다는 말과도 같다.

　'시선'에 의해 추방된 자들 부활을 고안하며 후회를 은폐

하는 밤이 오면 자신을 데리고 영원을 바라본다. 그때
　먼 곳이 어두워졌다가 밝아지고
　발자국을 변호해온 잠은 생과 저항하며 지구의 한쪽에 가
엽고 부드러운 긴 꿈을 이끌고 온다.

　잠은, 머릿속 깊은 곳으로부터 와서
　또 다른 세상의 문을 연다 잠은, 젖을 빨아대며 양육된다
　별은 씨앗을 받고
　과거는 미래에게 눈썹을 달아준다
　이것이야말로 대지에서 나온 것
　대지는 아무도 알지 못하는 곳을 열어 허공을 듣는다 현재
에 도달하는 순간 현재는 사라지고,

　〔……〕

　지구 위로 지구 위로 별자리 옮기네 계절은 바뀌고 바뀌어 태양
과 도네 우리는 우리는 울 줄을 모르고 답할 줄도 모르네 비가 내릴
때까지 꽃이 필 때까지 날짜는 우리를 찍어내고 지구의 이쪽이 아프
고 지구의 저쪽이 아퍼 또 하나의 지구가 필요할 때 우리는 날마다
전시되고 날마다 비육되네
　　　　　　　　　　　　　　　　　　　　　　──「도플갱어」부분

과연, 잠이 현재를 탐식하는 한에서, 비로소 기억은 "미

래에게 눈썹을 달아"줄 수 있는 법이다. 이것은 오욕과 비
참함으로 가득한 현실의 과거를 넘어설 수 있는 시적 기억
의 또 다른 가능성을 나타내주기도 한다. 그런 의미에서
시인이 감행하는 잠으로의 순례는 진정한 나를 찾아 나서
는 과정이 아니라 내 안에 있는 가장 낯선 나를 현실의 나
로부터 해방시키는 작업에 가깝다. "발자국을 변호해온
잠은 생과 저항하며 지구의 한쪽에 가엽고 부드러운 긴 꿈
을 이끌고 온다." 이 아름다운 문장의 말대로, 박주택의
운동하는 언어는 과거의 현재화가 도저히 이루어질 수 없
는 기억의 밑바닥에서 다시 기억을 구제하는 형식을 끊임
없이 창조하는 중이다. 시인의 기억은 매번 저 기미를 태
어나게 하는 순간 자체가 그의 시간성의 전부임을 선언한
다. 그렇게 태어남으로서의 기억은 시인의 과거이자, 현재
이며 또한 미래이기도 한 것이다.

비록 시인이 직접 고백하는 장면은 드물지만, 이 모든
기미들의 요동이 실은 미래와 더불어 어떤 희망의 징조를
잉태하려는 작업과 무관하지 않을 것이다. 요컨대 "두 현
실, 사는 것과 싸우는 것 그래서 아이러니는 끝난 문제가
아닌 것, 말의 요지는 희망에 대한 기술이 너무 부족하다
는 것"(「국가의 형식」)이 우리의 시인이 목도하고 있는 이
세계의 실상인 셈이다. 반복해서 말하거니와, 기억이 단순
히 그저 과거에 있었던 사건의 추인에 불과하다면 우리는
참혹한 비극적 일상을 계속해서 목도하는 것 외에는 희망

과 관련하여 할 수 있는 말이 그닥 많지 않을지도 모른다. 역사를 기억하는 일은 분명 정치적으로나 윤리적으로 올바른 방향으로 상황을 이끌어가기 위한 전제 조건일 수 있다. 그러나 이러한 기억과 애도의 작업에도 불구하고 여지없이 비극으로 수렴되어가는 인류의 역사로부터 눈을 돌리지 않는다면, 실제적인 기억을 기념하는 일이 임시방편으로 세계를 보수하는 길이 될 수는 있으나 근본적으로 역사에 대한 희망을 구원하는 데까지는 나아갈 수 없다는 사실을 인정하기란 어렵지 않다. 그러나 이것은 역설적이게도 기억과 더불어 희망이라는 것이 지니고 있는 존재론적 형식을 암시하기도 한다. 기억할 수 있는 것을 기억하는 것이 진정한 시의 기억이 아니듯, 희망할 수 있는 것을 희망하는 일은 진정한 의미에서의 시의 희망과는 관련이 없다. 진정한 희망이란 기억과 마찬가지로 도저히 불가능해 보이는 다른 생의 불가능성을 희망의 조건으로 내면화함으로써 그 자체를 희망의 형식으로 간직하는 것이다. 기억을 기억하는 것은 곧 희망을 희망한다는 말과 다르지 않으며, 거기에서 창출되는 새로운 생의 시간을 향해 감각을 예민하게 곤두세우고 있다는 말과 다르지 않다.

고작 기억에서 생이 비롯된다는 것

배후를 엿듣는 빛은 기록하고,

기미를 예인하는 날짜는 다른 곳을 연다

                        ——「굿모닝 뉴스」부분

"고작"이라고 했으나 여기서 시작되는 것이 단순한 일상에 지나지는 않을 것 같다. "기미를 예인하는 날짜는 다른 곳을" 열고 그렇게 개방된 공간에서 우리는 새로운 시간을 만나게 될 것이기 때문이다. 그러한 시적 공간에서 우리는 "빛 한가운데 서 있다 막 그곳에는 무엇인가 남아 있다"(「어떤 것은 여름이었고 어떤 것은 마지막이었다」). 그 남겨진 무엇인가에 대해 희망이라는 이름을 붙일 수 있지 않겠는가. 관성화된 지구의 삶을 구원하는 길은 요컨대 희망이 각인되었던 어떤 흔적을 온몸으로 기억해내면서 또 하나의 지구를 욕망하고 요청하는 순간에만 가능하다. 온몸으로 기억하는 일이란 이처럼 말할 수 없고, 기억할 수 없는 그 희망의 빛에 대한 일종의 예감이다. 그 예감이 밤이 다할 때까지 소멸하지 않는 한, 미래의 희망을 품은 기억의 운동은 '언제나' 그치지 않을 것이다. ▨